우리가 세상을 바꿀 수 없다면 1

장기남 작가

일러두기

· 이 책은 이미 널리 통용되는 말은 그대로 표기하였습니다.
· 소설 속 대화에는 인물들의 성격과 특징을 잘 나타낼 수 있게 표현되었으며, 맞춤법에 맞지 않는 말과 비속어가 포함되어 있습니다.

 천장에 일렁이는 파란 물결, 커다란 마찰음과 함께 수면에 파장이 번진다. 파장 한가운데 마치 신생아처럼 몸을 둥글게 만 채 물속에 가라앉던 치훈이 서서히 수면으로 올라왔다.
 수면으로 완전히 올라와 시선을 드니 20m 다이빙대 끝에 아슬아슬하게 서 있는 노아가 보였다.
 물 밖으로 나온 치훈 옆엔 두나가 연인처럼 착 달라붙어 있었다. 노아는 그들의 모습을 바라보다 호흡을 가다듬곤 그대로 물속으로 낙하했다. 노아 또한 치훈과 마찬가지로 큰 마찰음을 내며 물속으로 사라졌다.
 치훈과 두나는 얼른 걸어가 노아가 나오지 못하도록 머리를 누르며 장난쳤다. 노아가 숨을 고르며 수면 밖으로 얼굴을 내밀면 서로를 물속으로 잡아당기고 서로의 몸에 올라타며 놀기 바빴다. 새끼 강아지들처럼 천진한 모습이었다.
 한참을 물속에서 놀다 돌연 노아의 코가 빨개졌다. 눈가가 붉어진 건 덤이었다.

"으이그, 우냐? 울어?"

"이씨…."

두나의 장난스러운 타박에 노아는 울음을 꾹 참았고, 치훈은 애틋한 표정으로 위로하듯 노아의 머리를 쓰다듬어 주었다.

"그만 울고 씻으러 가자."

치훈은 노아의 기분을 풀어 주려 샴푸 거품을 씻어내는 노아의 뒤로 살그머니 다가가 머리 위에 샴푸를 쭉 짜고 도망갔다. 씻어도 씻어도 거품이 가시질 않자 노아는 그제야 치훈이 제게 장난을 친 것을 눈치챘다.

"야! 하지 마, 진짜!"

거품이 잔뜩 묻은 얼굴을 씻어내고 물을 뿌리며 장난을 치는데 두나가 샤워실로 들어와 자연스럽게 샤워기 물을 틀었다.

"아, 여자 샤워실 뜨거운 물 또 안 나와."

"또?"

"고치라는데 드럽게 안 고쳐. 어… 혹시 내가 방해한 거…?"

"어우, 아니, 아니."

셋은 서로의 나체를 보는 데도 그리 어색하지 않았다. 두나가 장난스럽게 방해한 거냐고 묻자 치훈과 노아가 동시에 손을 내저으며 아니라 외쳤다.

수건으로 물기를 닦고 머리를 털며 말리는데 치훈이 노아의 뒤로 바짝 다가가 목덜미 부근에 코를 대고 킁킁댔다.

"개야?"

치훈은 노아의 말에도 개의치 않고 더 킁킁거리며 냄새를 맡았다.

"이 냄새… 기억해야지…."

"같이 갈 걸 그랬나?"

"기분이 이상해."

"우울해하지 말고, 괜한 뻘짓도 하지 말고."

"치…."

두 사람은 거울의 비친 서로를 애틋한 눈으로 바라보았다. 뒤에서 의자에 걸터앉아 발톱을 다듬던 두나는 그런 두 사람을 향해 꼴 보기 싫다는 시선을 보냈다.

샤워를 마친 치훈, 노아, 두나는 급하게 미용실로 달려갔다. 다행히도 미용실 사장님은 막 문을 닫으려던 참인 듯했다. 달리기가 가장 빠른 노아가 헐레벌떡 달려가 사장님을 붙잡은 채 숨을 고르고 물었다.

"하… 끝났어요?"

"끝났지."

영업이 끝났다는 말에 치훈이 간절하게 말을 덧붙였다.

"진짜 죄송한데요. 이 친구가 내일 입대거든요. 머리만 금방 깎아 주시면 안 될까요?"

사장님은 난감한 표정으로 잠시 고민하는 듯하시더니 들어오라고 말씀하셨다. 딱히 스타일을 내야 하는 머리도 아니고 그냥

밀기만 하면 돼서 커트도 금방 끝났다.

노아는 머리가 짧아진 제 모습이 낯선 듯 거울을 바라보면 연신 머리를 만지작거렸다.

"나 뒤짱구였네."

왠지 시무룩해 보이는 모습에 치훈이 장난스럽게 말을 받아 주었다.

"반대쪽도 때려서 똑같이 만들어 줄까?"

"우씨…."

두나는 미용실 사장님께 폴라로이드 카메라 사용법을 간단히 알려 드리고 치훈과 노아 사이에 끼어 팔짱을 꼈다.

"김치~!"

그렇게 머리 손질을 마친 뒤, 셋은 술집에 가느니 마느니 옥신각신했다. 당장 내일이 입대라 헤어지는 게 아쉬울 만도 했다.

"나도 눈치가 있다고! 암튼 난 빠질래."

"진짜 괜찮다니까? 우리 이렇게 또 언제 놀아."

"급한 일 있어? 먹고 가. 집에 가도 아무도 없잖아."

두나는 노아와 치훈이 번갈아 가며 붙잡아 대서 어쩔 줄을 몰라 눈치만 보고 있었다. 그러다 이내 결심하고 전력 질주로 달렸다.

"야!!"

"진짜 갈 거야??"

치훈과 노아가 당황하여 크게 불렀지만 두나는 손을 흔들며 멀어질 뿐이었다.

"노아야! 잘 다녀와! 백일 뒤에 보자!"

덩그러니 남게 된 치훈과 노아는 당황하여 서로의 얼굴을 잠시 바라보다 못 말리겠다며 크큭 웃었다.

"…치훈아."

"…?"

"우리 집 갈래? "

* * *

"여기서 자고 내일 입소식까지 갔다 올게요. 목사님이 태워주신대. 에이… 진짜 노아네 맞다니까? 걱정마 엄마."

치훈은 엄마에게 전화해 안심을 시키고 노아의 집으로 향했다.

부모님끼리도 막역한 사이여서 노아의 가족들은 치훈을 반갑게 맞이해 주었다. 치훈은 노아의 가족 사이에 끼어 식탁에 둘러앉았다. 모두 서로의 손을 맞잡고 식전기도를 했다.

"하나님 아버지가 굽어살피어 우리 아들 노아에게 골리앗을 마주했을 때도 용감하게 싸워나갈 다윗과 같은 용기를 주소서."

"아멘."

서상목 목사의 기도가 끝나자 노아의 엄마인 정희가 치훈의 앞에 음식들을 밀어주었다.

"치훈아 와 줘서 고마워. 많이 먹어."

"네, 잘 먹겠습니다."

식사를 마친 뒤, 치훈과 노아는 꼭 형체처럼 나란히 서서 설거지를 했다. 정희는 식탁 위에 놓인 빈 와인병과 음식 정리를 도왔다.

"내일 군대 가는 아들한테 설거지를 다 시키네."

"원래 내 담당이잖아. 먼저 들어가서 쉬세요."

정희는 미안한 마음과 기특한 마음을 담아 노아의 엉덩이를 토닥였다. 상목은 큰 소리로 내일 보자는 인사를 남긴 채 정희의 손목을 잡아끌었다.

"으이구, 착한 내 새끼."

"먼저 들어간다! 내일 아침에 보자, 아들."

"주무세요!"

* * *

창으로 들어온 어슴푸레한 새벽의 푸른빛과 두 소년의 나직한 숨소리가 고요한 방 안을 가득 채웠다. 노아는 벽에 걸린 성장기 때의 모습처럼 해맑은 표정으로 치훈의 젖꼭지를 깨물었다. 치훈은 숨을 참으며 노아의 얼굴을 감싸 쥐고 당겨 조심스레 입을 맞췄다. 노아가 치훈의 허리 밑으로 서서히 내려가고, 그에 치훈은 눈을 질끈 감고 입을 틀어막았다. 신음이 새어 나올 것 같았다.

정희는 저녁 식사를 하며 곁들인 와인 때문에 두통이 일어 물을 마시기 위해 부엌으로 나왔다. 냉장고에서 작은 생수병 하나를 꺼내 뚜껑을 따는데 아들의 방에서 부스럭거리는 소리와 작은 숨소리가 들려왔다. 불길한 느낌에 조심스럽게 발을 옮겨 방문 앞으로 다가갔다.

바스락거리는 소리와 키득거리는 소리, 낮은 숨소리들을 듣고 있자니 더욱더 불길해졌다. 열까 말까 한참을 고민하며 망설이다 결국 문고리를 쥐었다.

열어선 안 될 그 문을 여는 순간. 정희의 시야에 서로 뒤엉켜 있는 두 소년의 모습이 담겼다.

모로 누워 자던 수연이 눈을 번쩍 떴다. 머리맡에 놓여 있던 휴대폰으로 시간을 확인해 보니 새벽 5시. 새벽기도에 가야 할 시간이었다. 남편 기태는 한창 꿈나라에 빠져 있는지 입술을 오물거리고 있다.

수연은 나른한 몸을 이끌고 거실로 나와 성경과 찬송책, 주보 등을 챙겨 가방에 넣고 현관으로 향했다. 신발을 신고, 현관 앞에 놓인 거울을 바라보며 매무시와 머리를 가다듬었다. 화장기 없는 맨얼굴이지만 건강하고 맑아 생기가 도는 게 누가 봐도 걱정 없이 사는 순수하고 팔자 좋은 여자의 느낌이었다.

현관문을 열고 한 발짝 내딛는데 문 바로 앞에 치훈이 서 있었다.

"어우, 깜짝이야! 입소식 따라간다며, 왜 벌써 왔어?"

"불편해서. 잠도 안 오고."

수연은 놀란 마음을 가라앉히려 한숨을 푹 내쉬고 치훈을 따라 다시 집 안으로 들어왔다.

"거 봐, 너 잠자리 바뀌면 힘드니까 잠은 집에 와서 자라고 엄마가 말했어? 안 했어?"

"그러게…."

기운 없는 목소리에 수연이 치훈의 팔을 잡아 돌려세우며 안색을 살폈다. 치훈은 애써 웃어 보였다. 하지만 엄마인 수연이 아들의 기분을 알아채지 못할 리 없었다.

"뭔 일 있어?"

"아니."

"있네, 뭐."

치훈은 계속해서 캐물을 듯한 수연의 기세에 차라리 무슨 일이 있다고 대답해 상황을 넘기는 게 낫겠다는 생각을 했다.

"어, 맞아. 근데 별일 아니야."

"뭔데? 노아랑 싸웠어?"

"아냐, 이따 얘기해."

"웃긴다, 너네. 평소엔 껌딱지처럼 붙어 다니더니만 군대 가는 날…. 그래, 쉬어. 엄만 교회 다녀올게."

수연은 치훈의 등을 가볍게 토닥여 주곤 집을 나서 차에 올라타 교회로 향했다.

* * *

피아노 반주에 맞추어 찬송가가 울리고, 동이 트는 듯 컴컴했던 하늘에 검붉은 빛이 스며든다. 그에 따라 교회 내부도 점차 밝아지기 시작했다. 사람들이 하나둘 교회 안으로 들어섰고 실내는 신자들로 금세 가득 찼다.

찬송가가 끝나고 수연이 교회 단상 위로 올라가 양손을 하늘 위로 치켜들며 기도를 시작했다.

"하느님, 우리 아버지시여. 오늘도 이 어린 양 아버지 앞에 기도드립니다."

단상 끝 의자에는 상목과 정희가 앉아 있었다.

정희는 수연을 따라 기도를 하려 꽉 움켜쥐고 있던 치맛자락을 놓고 두 손을 모으며 고개를 푹 숙이는데 참았던 눈물이 쏟아지고 말았다. 상목은 안쓰럽다는 듯 포개어진 정희의 두 손을 꼭 잡아 주었다.

"여기, 서 목사님의 아들이자 아름다운 청년. 서노아 군이 오늘 나라의 부름을 받아 군인이 됩니다. 부디 복무기간 동안 안전하길 저와 우리 정목교회 신자 모두가 한마음으로 축복 기도드립니다."

"아멘!"

정희는 기도가 끝나기도 전에 조용히 일어나 단상 뒤쪽으로 사라졌다. 상목은 안쓰러운 마음에 미간을 구기며 정희의 뒷모습을 바라보다 믿음 가득한 얼굴로 기도를 이어가는 신도들을 뒤로하고 정희를 따라 목사실로 향했다.

"제발 좀!"

"놔두면? 놔두면 어떡할 건데? 지금이라도 우리가 알았잖

아. 우리 아들들 지키려면 치훈 엄마도 알아야돼."

정희는 그렇게 소리치며 목사실에서 빠져나가려 했다. 상목은 정희의 손을 붙잡고 필사적으로 말렸다.

"여보, 조용히 있으면 지나갈 거야. 괜히 들쑤시지 말자. 여기 저기 소문나 봐야 좋을 거 없어. 서 목사 아들이 그거다 그런 말 나와 봐! 어휴, 쪽팔려."

"무슨 소리야?! 말 나오기 전에 애들 떨어뜨려 놔야지!"

상목은 생각에 잠긴 듯 잠시 침묵하더니 다시금 간절한 눈빛으로 이야기를 이었다.

"어릴 때부터 같이 자라서 그래. 그렇게 애틋하다 보면 우정인지 사랑인지 헷갈리고 그런 시절 있을 수 있다고. 우리 학교 다닐 때 종종 봤잖아. 근데 지금 봐봐. 다들 시집, 장가가서 애 낳고 잘 살아. 한철 불고 지나가는 바람 같은 거야. 그러니까 눈 감고 가만히 있어 봐. 응?"

정희는 입을 꾹 다문 채 생각에 잠겼다. 하지만 속상한 마음은 가시질 않고 얼굴만 점점 더 일그러질 뿐이었다.

"우리 노아 곧 군대 가잖아. 자연스레 멀어질 거야. 그러니까… 시간이 흘러가는 대로 내버려 두자. 응? 당신도 잊고."

"아니야. 그래도 이건 아닌 거 같아."

결국 정희는 상목의 손을 뿌리치고 목사실에서 빠져나갔다.

예배가 끝나고 수연은 신도들과 함께 율무차를 마시며 즐겁게 대화를 나누고 있었다. 그런데 기도 도중에 자리를 떴던 정희가 복잡미묘한 얼굴로 수연에게 다가왔다.

"…사모님?"

정희는 하고 싶은 말을 꾹 참고 생긋 웃으며 인사부터 건넸다.

"참! 치훈이 방금 들어왔어요. 같이 훈련소까지 간다더니… 걔네들 혹시 뭔 일 있었어요?"

수연이 미안한 표정으로 치훈의 얘기를 꺼내자 정희의 얼굴이 살짝 굳어졌다.

"글쎄요, 노아랑 같이 있는 줄 알았는데…."

"뭐가 틀어졌는지 표정이 안 좋던데. 둘이 죽고 못 살잖아요. 한 놈이 군대 가니까 서운해서 그런가 싶기도 하고. 잘해 낼 거예요. 노아는 주님 은총 가득한 애라."

수연이 입술을 꽉 깨문 채 아무 말도 하지 않는 정희의 손을 꼭 잡았다. 정희는 할 말이 있는 듯한 복잡한 표정으로 수연을 빤히 보다가 결국 눈물을 흘리고 말았다.

당황한 수연이 가방에서 손수건을 꺼내 황급히 건네주었다.

"어머머…."

"어우, 안 울려고 했는데…."

"창피한 거 아니에요. 대성통곡 안 하는 게 어디에요. 나도 우리 치훈이 보낼 거 생각하면, 어휴…."

수연은 정희의 어깨를 감싸 안아 토닥이며 울음이 그칠 때까지 달래 주었다.

* * *

노아는 바짝 깎은 머리 위로 캡모자를 깊이 눌러쓴 채 주변을 휙휙 둘러보았다. 길에 쌓인 낙엽들에선 산뜻한 가을 냄새가 났고 황금빛 아침 햇살에 온 동네가 반짝이고 있었지만 노아가 찾는 이는 그 어디에도 보이지 않았다.

　동네 골목을 빠져나가는 차 안은 적막만이 가득했다. 정희는 두통이 이는 듯 미간을 찌푸리며 약국에서 사 온 두통약을 입에 털어 넣었고, 노아는 굳은 표정으로 창밖만 응시할 뿐이었다.

　그 시각, 수연은 교회에서 빠져나와 집에 돌아가는 중이었다. 신호에 걸려 정차한 사이 건널목 앞에 서 있는 치훈이 보였다.

　'쟤가 저기 왜 있어?'

　그런 생각을 하기가 무섭게 치훈이 신호대기 중인 차 앞으로 뛰어들었다.

　"치훈아!!"

　들릴 리 없을 테지만 반사적으로 소리를 질렀다. 무슨 일인가 싶어 차에서 내리려 하는데 자세히 보니 치훈이 막아선 것이 상목의 차였다.

　신호가 바뀌었는데도 우두커니 서 있는 치훈으로 인해 뒤에선 차들이 클랙슨을 울리기 시작했다.

　치훈은 클랙슨을 울리는 차들은 신경도 안 쓰이는지 뚜벅뚜벅 걸어가 뒷좌석 창문에 얼굴을 바짝 댔다. 창문 너머로 울먹이는 노아의 얼굴이 보였다.

　치훈은 그 얼굴을 보면서도 할 말이 떠오르지 않는 듯 아무 말도 하지 못했다. 창문을 내려보라는 말조차도. 그러나 이대로 보낼 순 없었다. 노아 또한 같은 마음인 듯했지만, 그저 복잡한 눈으로 치훈을 바라볼 뿐이었다.

결국, 기다리다 못한 뒤쪽의 차들이 차선을 변경해 상목의 차를 앞질러 갔다. 그 탓에 수연의 시야에 치훈의 모습이 보이지 않게 되었다.

수연은 답답한 마음을 참지 못하고 다른 차들처럼 차선을 변경해 얼른 앞으로 나아갔다. 하지만 치훈과 상목의 차는 사라진 뒤였다. 곧장 치훈에게 전화를 걸어보았지만, 신호음만 울릴 뿐 연결되지 않았다.

노아는 뒤쪽 창문에 매달려 창밖에 시선을 고정한 채 울음을 참고 있었다. 그 모습에 정희가 한 글자 한 글자 쥐어짜듯 내뱉었다.

"우린 다 잊을 거야. 없었던 일로 하겠다고. 그러니까 너도 잊어. 알겠니?"

울음을 참고 있는 건 정희 또한 마찬가지였다.

"다시는 치훈이 안 만나겠다고 약속해. 너희 또 만나면 치훈 엄마에게도 알리는 수밖에 없어."

노아의 얼굴이 절망감과 참담함으로 가득해졌다. 뒤이어 힘없는 목소리로 날카로운 말을 내뱉었다.

"미쳤어요?"

운전하던 상목은 아들과 아내의 이야기를 듣다 노아의 말에 참지 못하고 큰 소리로 물었다.

"뭐?"

"이게 진짜 있는 그대로의 내 모습인데… 부모잖아요. 나 사랑한다면서요. 이게 그렇게 받아들이기 힘든 거예요?"

노아는 입술을 꽉 깨문 채 울음을 참아내며 힘겹게 말을 내뱉었다. 하지만 상목은 버르장머리 없는 아들의 말에 분노하고 말았다. 차 안에는 고성만 오갈 뿐이었다.

"서노아! 거기서 한마디만 더 해! 아주 오늘 결판을 낼 거니까. 동성연애? 너 에이즈나 걸려서 평생 빌어먹고 살래?"

"그딴 무식한 소리 좀… 제발…."

결국, 노아는 두 손으로 얼굴을 감싸 쥐었고, 정희의 말이 이어졌다.

"둘 다 조용히 해! 서노아 엄만 정말 혼란스러워. 너 그때 제대로 치료된 게 맞니? 이제 다시는 그런 생각 하지 않기로 약속했잖아. 그런데 어떻게 치훈이랑…!"

노아는 더욱더 절망에 빠져 아무 말도 할 수 없었다. 할 수 있는 거라곤 울음을 참는 것뿐이었다.

"아무튼, 치훈이는… 더 만나지 마. 지금 이 자리에서 약속해."

"내려 주세요, 차라리."

씩씩대며 모자의 대화를 가만히 듣고 있던 상목은 노아의 말에 핸들을 돌려 갓길에 차를 세웠다. 뒤이어 상목과 정희의 말싸움이 벌어졌다. 상목은 손가락질까지 하며 호통쳤고 정희는 애를 달래는 게 우선이라며 그를 달래려 했다.

노아는 상목과 정희의 고성을 뒤로하고 차에서 내렸다. 서러움이 북받쳐 올라 고였던 눈물이 뚝뚝 떨어졌다. 조금 걷다 뒤를 돌아보니 저 때문에 싸우는 부모님의 모습이 희뿌연 시야 속으로 들어왔다.

노아는 그 자리에 서서 그들의 모습을 한참이나 바라보았다.

* * *

수연은 어떤 마음으로 집까지 왔는지 모르겠다. 혼란스러운 마음으로 식탁에 앉아 생각에 잠겼다.

신호대기로 서 있는 상목의 차 앞으로 뛰어드는 치훈의 모습과 교회에서 할 말이 있는 표정으로 저를 쳐다보다 이내 눈물을 흘리던 정희의 모습이 뇌리에 스쳤다. 마음이 너무나 복잡했다.

그렇게 생각에 잠겨 있는데 현관문이 열리는 소리가 났다. 도로 위에서 봤던 치훈이었다. 수연은 급히 자리에서 일어나 후다닥 달려나가 아들을 반겼다.

"아들?"

하지만 치훈은 수연을 본체만체하며 휑하니 제 방으로 들어가 버렸다. 걱정스러운 마음에 그를 따라 방으로 들어갔지만, 치훈은 입을 꾹 다문 채 이불을 뒤집어쓰고 누워 버렸다.

수연이 무슨 일 있었냐 물었지만, 치훈은 이불에 파묻혀 있을 뿐, 아무런 대답도 하지 않았다. 수연은 안절부절못하며 침대 옆에 조심히 앉아 이불 위를 살짝 토닥이며 말을 이었다.

"엄마가 사실 아까 교회 갔다가 오는 길에 신호등 앞에서 널 봤거든? 목사님 차 같던데 무슨 일 있었니?"

"미안. 지금 말고, 나중에."

"왜, 무슨 일이야. 뭐 말 못 할 사정이라도 있어? 정황상 좀 이상하잖아. 아침에 그 집에서 나왔는데 다시 갔다는 게. 엄마한테 털어놔 봐. 엄마도 뭘 알아야 도와주지."

그 순간 치훈이 이불을 휙 걷고 일어나 신경질적으로 쏘아붙였다.

"엄마, 나 좀 혼자 있으면 안 돼?"

수연은 낯선 아들의 모습에 놀라 그를 빤히 바라보다 물었다.

"묻지 마?"

"그럼 더 좋고."

치훈은 수연에게서 시선을 거두고 다시 이불 속으로 들어갔다. 아무것도 모르는 수연은 이불 위로 삐죽 나온 치훈의 머리카락을 쓰다듬었다. 얘가 왜 이러나 싶긴 하지만 이야기하고 싶어 하지 않으니 더 물어볼 수도 없었다.

입술을 삐쭉대다가 방을 나서려 엉덩이를 떼는데, 치훈의 목소리가 작게 들려왔다.

"나중에 얘기하고 싶을 때 얘기해도 돼?"

"알겠어. 기다릴게."

수연은 치훈의 방문을 닫아 주고 잠시 그 앞에 서서 걱정스러운 한숨을 내쉬었다.

 어느덧 3개월이 훌쩍 지났다. 이른 겨울을 맞이한 캠퍼스 내의 나무는 앙상한 가지를 드러내고 있다. 학생들의 옷차림도 어느덧 제법 두꺼워져 있었다.

 강의실 칠판엔 〈혐오의 시대, 어떻게 살아가야 할까?〉라는 문장이 적혀 있었다. 깔끔하게 떨어지는 슈트를 입은 고은이 강의대에 올랐다. 베테랑답게 여유로운 모습이었다.

 "사회가 성숙해진다는 것은 소수자들이 음지에서 양지로 나올 수 있는 발판이 마련된단 것인데 지금 우리나라 여기저기에서도 다양한 소수자 집단이 목소리를 내고 있지?"

 두나는 삐딱하게 앉아 강의 내용을 대충 끄적이고 있었다. 그 옆에 앉아 있던 동우가 두나의 손가락을 슬쩍 잡았고, 두나가 그를 바라보자 동우가 몸을 기울여 무어라 속삭였다.

 화면에는 퀴어 퍼레이드 사진이 떠 올랐다.

 "너희들도 기사로 접한 적 있을 거야. 그런데 이 기사의 댓글들을 보면 같은 시대를 살아가고 있는 사람들이 맞나 싶을 정도로 혐오 표현들로 가득해."

고은이 화면을 내려가며 댓글들을 쭉쭉 읽어 내려가는데, 학생들 사이에서 누군가의 웃음소리가 크게 들려왔다.

"풉!"

고은이 댓글을 읽던 것을 멈추고 웃음소리가 들려온 곳으로 고개를 돌렸다. 두나는 표정을 갈무리한 채 시치미를 뗐고, 동우는 고은의 눈치를 보며 아무것도 하지 않은 척 괜히 딴청을 피웠다.

고은은 가볍게 한숨을 내쉬곤 다시 강의를 이어 나갔다.

"지난 시간에 아비투스에 대해 배웠었지? 우리가 편견을 갖게 되는 과정 그리고 혐오와 증오를 분출하는 과정. 그것들의 양식들이 모두 아비투스가 되어 가는 과정에서 생각하지 않고 회의하지 않는 것이 정상적인 것처럼 되어 버렸어. 한 마디로 생각 없이 행동하고 말하는 게 힙한 것처럼."

고은은 그 말을 하며 두나를 빤히 바라보았다. 두나는 고은의 시선을 느끼지 못한 채 '수업 끝나고 약속 있어?'라고 적은 노트를 동우에게 보여 주고 있었다.

* * *

두나는 술에 잔뜩 취해 동우에게 매달리다시피 안긴 채 입술을 내밀었다. 동우는 집 안의 인기척을 확인하며 제게 안긴 두나를 조심스럽게 밀어냈다.

"선배, 저 자취방이나 모텔 말고 여자친구 집은 처음인데…."
"그런데?"
"부모님 안 계시…."
"우리 아빠 미국 살잖아. 몰랐구나?"

싱긋 웃으며 이어지는 두나의 말에 안심한 동우는 그제야 신발을 벗고 집 안으로 들어섰다. 펜트하우스에는 처음 들어와 본 동우가 휘둥그레 뜬 눈으로 집 안을 둘러보는 사이, 두나는 주방으로 신나게 달려가 진열장 안에 있는 위스키 한 병을 꺼냈다.

두나는 위스키병을 흔들어 보이며 음악을 틀었다.

몽환적인 EDM 음악이 집 안을 가득 채웠다. 얼음이 가득한 컵에 위스키를 붓고 위스키 잔을 부딪쳐 신나게 원샷했다. 천장 조명이 만화경처럼 아름다운 빛을 내며 빙글빙글 돌아갔다. 그 화려한 조명 사이에서 동우가 혀를 내밀면 두나가 그 위에 생크림을 쭉 짜주었다. 거나하게 취한 채 침대에 걸터앉은 동우 위로 두나가 올라타 목을 감싸 안았다.

그렇게 화려한 밤이 지나고 있었다.

활짝 열린 커튼 너머로 아침 햇살이 한가득 쏟아졌다. 방 안에는 지난밤에 벗어 놓은 옷가지가 제멋대로 널브러져 있었다. 잠에서 먼저 깬 동우가 숙취 때문에 인상을 찡그리며 커튼을 쳤다. 나체로 잠들어 있는 두나의 몸을 이불로 덮어 준 뒤 화장실로 향했다.

볼일을 본 뒤, 속옷도 걸치지 않은 채 화장실에서 나오는데, 거실 한가운데에 낯선 이가 서 있었다. 화들짝 놀란 동우가 어찌할 줄 몰라 허둥대는데, 갑작스레 등장한 남자는 대수롭지도 않다는 듯 동우를 위아래로 훑어본 뒤 돌아섰다.

"두나 좀 깨워 줄래?"

승호, 두나, 동우는 식탁에 어색하게 모여 앉게 되었다. 승호는 태블릿으로 기사를 읽으며 커피를 마시고 있고, 두나는 얼음컵에 콜라를 부어 한 모금 마시고 머리가 띵한지 인상을 쓰고 있고, 동우는 구운 식빵에 버터를 발라 눈치를 보며 한 입 베어 물었다.

동우는 승호의 눈치를 보다 두나에게 몸을 기울여 속삭였다.

"왜 말 안 했어요…?"

"나도 몰랐어. 언제 왔어?"

"방금. 젊을 때는 눈만 마주쳐도 불꽃 튀고, 그럴 때가 좋지. 두나야, 너 피임은 잘하는 거지?"

"그게 일 년 만에 만나자마자 할 말이야? 선 세게 넘네?"

승호는 고개를 절레절레 젓곤 동우에게 물었다.

"넌 쟤가 왜 좋니?"

"이뻐서요."

"쟤가 날 닮아서 얼굴은 반반하지."

고개를 끄덕이는 승호의 모습에 두나가 어이없는 듯 헛웃음을 내뱉었다.

"그런데 말이다. 지금이라도 정신 차리고 도망쳐. 함부로 덤볐다가 너처럼 정신 못 차리고 있는 애들이 한둘이 아니야."

승호의 충고에도 동우는 여전히 진지한 표정이었다. 코를 후비며 승호의 말을 진지하게 받아들이지 않는 두나의 모습에도 말이다.

"상처받을 각오는 진작에 했습니다."

동우의 각오까지 담긴 듯한 말에 승호는 한숨을 내쉬며 이마를 짚었다.

그러곤 들고 있던 커피잔을 식탁에 내려놨다. 유리끼리 부딪치는 소리가 날카로웠다. 두나는 시큰둥하게 얼음을 와작 씹으며 동우의 표정을 살폈고, 동우는 그들 사이에서 어쩔 줄 몰라 눈치만 봤다.

"나 결혼하고 싶은 여자 생겼어."

승호가 그 말을 하는 순간 두나가 뭔가 떠오른 듯 시계를 확인하더니 대뜸 욕지거리를 내뱉으며 화장실로 달려갔다.

"SHIT!!"

승호는 달려가는 두나의 등 뒤를 향해 소리쳤다.

"그 여자랑 같이 한국 들어왔다고! 너도 한번 봐야지!"

동우는 상황이 어찌 돌아가는지 알 수 없어 한숨을 내쉬며 머리를 짚었다.

* * *

치훈과 두나가 만나기로 한 대학교 정문 앞엔 양팔을 벌린 예수님상이 세워져 있다. 플래카드에는 '진리가 너희를 자유케 하리라 -국내 기독교 대학의 성지, 양지대학-'이라 적혀 있었다.

먼저 온 치훈이 그 앞을 서성이고 있는데 저 멀리서 아직 다 마르지 않은 머리를 휘날리며 달려오는 두나가 보였다.

두 사람은 가볍게 서로를 반긴 뒤 나란히 학교 안으로 들어섰다.

두나는 1년 만에 집에 돌아온 아빠가 동우에게 자신을 조심하라고 충고한 일에 관해 이야기했다. 동우가 제 아빠의 실체에 관해 까발리면 어쩌냐고 걱정을 하자 치훈이 미소를 머금고 대답했다.

"뭐 어때? 난 좋던데, 솔직하시고. 일단 재밌잖아?"

"재밌냐? 그럼 울 아빠 너 가지고, 너네 엄마 나 줘."

치훈이 즐겁다는 듯 웃으며 그럴까라고 대답하자 두나는 어이가 없어 픽 하고 웃었다.

"뭘 또 그럴까야. 넌 진짜 화목한 집에서 사는 거야. 성실한 아빠, 살뜰하게 챙겨 주는 엄마. 얼마나 좋냐?"

"인정. 우리 가족 참… 화목하지. 나 정말 효도해야돼. 근데 요즘엔 그런 생각이 들어. 내가 집안에 커밍아웃하면 어떻게 될까. 그때도 이 화목함이 유지가 될까?"

고민하듯 턱을 만지작대며 걷는데 저 멀리서 서명운동을 하는 학생들의 목소리가 들려왔다.

"양지대 학생 여러분! 혼전순결 서약서에 동참해 주세요!"

"서명에 동참해 주신 학우분들께는 선착순으로 순결반지도

드려요!"

혼전순결 서약서라는 말에 황당하긴 했지만, 순결반지의 모양이 예뻐 시선이 갔다. 반지에 시선을 둔 두나를 발견한 학생이 얼른 다가와 서명서를 내밀었다.

두나가 머뭇거리자 치훈이 서명서를 받아 학번을 쓰고 사인을 한 뒤 다시 건네주었다. 놀란 두나가 치훈에게 귓속말을 했다.

"이딴 거에 서명을 왜 해?"

"너 저 반지 갖고 싶잖아."

치훈이 반지를 받아 무심하게 건네주자 두나는 어떻게 알았냐는 듯 두 눈을 동그랗게 뜬 채 냅다 반지를 끼웠다. 치훈은 함께 받은 사탕 봉지와 안내서를 살펴보았다.

"이 학교 진짜 전체로 돌아 버린 것 같아."

반지 낀 손을 들어 이리저리 돌려보며 살피던 두나는 입을 삐쭉거리며 말을 이었다.

"근데 나 이거 끼고 다니면 우리 과 애들이 뒤에서 욕하는 거 아냐?"

"그렇게 살라고 해. 남 욕이나 하면서."

"풉!"

치훈이 간이 단상 위로 올라섰다. 러너들도 그 양옆에 일렬로 서 있었다. 치훈은 마이크를 들고 날씨가 추워 바쁜 걸음으로 움직이는 학생들을 상대로 연설을 시작했다.

"안녕하십니까! 2020년도 학생회장에 출마하게 된 17학번 강치훈입니다. 저는 지난 2년간 이전 학생회인 '투게더'의 기획부장을 맡아 학생회를 경험했습니다. '투게더'엔 좋은 공약들이 많았지만 대부분 흐지부지 사라졌습니다. 하여 저는 지난 학생회 경험을 바탕으로 학우 여러분들이 갈증을 느끼는 부분이 무엇인지 가장 잘 알고 있다 자부합니다."

군중들 사이로 두나가 비집고 들어오자 그 얼굴을 알아본 학생들이 흠칫 놀라며 쑥덕거리기 시작했다. 그중에는 '우리 학교 대학 내일 모델'이라는 말도 있었다.

두나가 치훈 옆에 섰다.

"학우 여러분! 아직 실행시키지 못한 공약을 발전할 수 있게 소중한 한 표 부탁드립니다."

치훈이 그 말을 끝으로 뒤로 물러서자 두나가 치훈을 향해 윙크해 보인 뒤 단상 위로 올라갔다.

"안녕하십니까! 양지대 학우 여러분! 저는 연극 영화학과 17학번 이두나입니다. 반갑습니다!"

씩씩한 두나의 목소리를 들으며 흐뭇한 미소를 짓는데, 군중들 사이로 군복 입은 노아의 모습이 보였다. 깜짝 놀라 눈을 깜빡이고 다시 살펴보았지만, 노아는 환상처럼 자취를 감춘 뒤였다.

* * *

동아리 방 중앙의 큰 테이블 위엔 빈 술병과 과자 봉지가 널브러져 있었다. 치훈과 그의 친구들은 이미 거나하게 술에 취한 채였다. 다들 취해서 신난 와중에 두나의 목소리가 가장 크게 울리고 있었다.

한참 웃고 떠드는데 두나에게 전화가 왔다. 발신인이 동우인 것을 확인한 두나는 가차 없이 거절 버튼을 눌렀다.

"얘 벌써 취했냐?"

"쟨 원래 이 세상 텐션이 아니잖아?"

치훈과 선호가 두나를 걱정하는 사이 두나가 둘 사이에 끼어들었다.

"야! 치훈! 너 왜 더 안 마시냐? 뺑이 치는 거 보소?"

"선거 얼마나 남았다고 취해서 헬렐레 다녀? 구설수에 안 오르려면 사려야지."

유빈이 치훈의 어깨를 탁 잡으며 씨익 웃었다.

"선배, 우리 잊으면 안 돼요! 당선되고 나 몰라라 하기만 해 봐. 우리는 어디에나 있지만, 어디에도 없다. 알죠?"

그 말을 듣고 있던 선호가 자조적인 웃음을 지으며 말을 이었다.

"어디 한두 번 이용당하냐 우리가. 팽당해도 그러려니 해야지."

"나 그런 놈 아니거든?"

"당선 안 돼도… 끝까지 놓지 말아 주세요…. 우리…."

취기가 오르는지 유빈의 말꼬리가 점점 더 길어지기 시작했다. 와중에 두나는 팔짱까지 딱 끼고 소리쳤다.

"걱정마! 쟤가 쌩까면 내가 조용히 묻을게. 조심해라 강치훈! 나 인간 이두나, 한다면 하는 사람이다?"

"편의점 가서 술 좀 더 사 올까? 뭐 마실래?"

치훈이 점퍼를 챙겨 입으며 필요한 게 있냐 묻는데 누군가 비밀번호를 누르고 동아리 방 안으로 들어왔다. 노아였다. 노아는 군복을 입은 채 어색하게 들어와 머쓱한 표정으로 모여 있는 이들을 살펴보았다.

치훈은 이것도 환상일까 싶어 어색해 보이는 노아를 물끄러미 바라보았다. 눈을 연신 깜빡여 봤지만, 아까처럼 사라지지 않는다. 치훈은 만감이 교차하는 기분이 되어 노아를 빤히 바라보았다. 노아도 이런저런 감정이 스치는지 복잡한 얼굴이었지만, 곧 입술을 꾹 닫고 미소를 지어 보였다.

그 짧은 침묵을 깬 건 두나와 유빈이었다.

"대박."

"와! 노아 선배! 벌써 백일 휴가야?"

두나는 튀어 나가듯 달려가 노아의 양 볼을 꼬집었다. 노아는 여전히 어색한 미소를 짓고 있었다.

"이놈의 새끼야! 나오면 나온다고 예고 좀 하지!"

"나 못생겨졌지."

"장난하냐? 잘생김이 머리 빨이 아니었구만?"

치훈은 여전히 그 자리에 선 채 노아를 바라보고 있었다. 두나와 유빈에게 둘러싸여 있던 노아가 고개를 들어 치훈을 바라보았다.

서로를 마주한 두 사람의 시선이 애틋했다.

치훈과 노아는 학교 앞 작은 술집으로 향했다. 바 형태로 된 테이블에 어깨가 닿을 정도로 가까이 앉아 소주잔을 부딪쳤다.

말문을 연 건 치훈이었다.

"군 생활은 어때?"

"어떤 점에서?"

"우리는 다르잖아. 적응할 만하냐고."

"괜찮아. 사람 사는 거 다 거기서 거기야. 거기도 똑같아."

"그렇지. 괴롭히는 선임은 없어?"

"음… 아직은 없어."

"잘됐네."

그 말을 끝으로 잠시 침묵이 이어졌다. 노아는 무언가 복잡한 표정이었고, 치훈은 연설 중에 본 노아의 모습을 떠올리고 있었다.

"낮에… 너 맞지? 나 보러 왔었지?"

"응."

"그런데 왜 그냥 갔어?"

"지금 내가 찾아오는 게 맞는건가 잠깐 고민했어."

"그게 왜 고민할 거리야. 보고 싶으면 보는 거지."

노아는 할 말이 있는 듯 입을 우물거리긴 했지만 아무런 말도 하지 않았다.

"노아야, 그날 너희 부모님… 대충 예상은 하는데…."

"…"

"만나지 말래?"

"내가 애냐? 결정권도 없게?"

노아는 발끈하며 조금 큰 소리를 내고 말았다. 정작 본인도 놀라 금세 목소리를 줄였지만.

"혼자만의 시간을 좀 가지려고."

"이해는 하는데 나 같으면 혼자는 외로울 것 같아. 그래도 같이 견뎌 낼 친구가 있는 게 더 좋지 않을까?"

"넌 친구 아니잖아."

노아는 쓸쓸한 눈빛으로 치훈을 쳐다보다 고개를 푹 숙이곤 술을 털어 넣었다.

치훈과 노아는 술집에서 나와 나란히 걸었다. 해도 지고 날도 많이 추워져 노아의 귀가 새빨갰다. 치훈은 걱정스러운 마음에 노아를 살폈지만, 노아가 말을 시작하자 의식적으로 손을 주머니에 찔러 넣었다. 그러지 않으면 노아의 발개진 볼이라도 감싸 쥘 것 같았다.

"부모님은 몰라. 나 휴가 나온 거."

"어디 가서 자게?"

"일단 체육관 가서 생각해 보게. 비번 바꿨어?"

"안 바꿨지. 니 생일 내 생일."

공원 놀이터에 누군가 만들어 놓은 눈사람이 보였다. 땅에도 눈이 꽤 쌓여 포근함마저 감도는데 귀여운 눈사람을 보니 마음이 몽글몽글해졌다. 노아는 어릴 적을 회상하며 이야기했다.

"어릴 때 생각난다. 우리 같이 이글루 만들고 그랬는데."

그 말에 치훈이 노아의 손을 붙잡고 공원으로 이끌었다.

"만들자, 이글루."

치훈과 노아는 눈덩이를 모아 붙여 커다란 이글루를 만들었다. 때 타지 않은 하얀 눈을 단단히 바르며 모양을 만드는데 표정이 제법 진지했다. 꼭 옛날로 돌아간 것 같았다.

완성된 이글루 안에 들어가 라이터로 불을 켜 보니 나름대로 아늑했다. 열심히 만들긴 했지만, 다 큰 성인 남자 두 명이 웅크려야 겨우 들어갈 수 있는 정도였다.

옛날을 회상하며 포근함을 느끼는데, 물기로 젖은 노아의 목소리가 들려왔다.

"…치훈아."

"응."

"우린 하느님이 잠깐 한눈팔아 실수해서 만들어진 걸까?"

"그런 게 어딨어."

"아무리 생각해 봐도 내가 살 방법은 나라는 사람을 완전히 지우는 방법밖에 없는 것 같아. 그래서 엄마, 아빠 앞에서 연기라도 해 보려고…."

한숨 섞인 노아의 말에 치훈은 가슴이 답답해졌다.

"그거 좋은 방법 아니야. 너도 알잖아. 그랬던 사람들이 어떻게 됐는지. 같이 천천히 해결하자."

"같이 해결하자고? 그 말 책임질 수 있어?"

노아가 고개를 돌려 치훈을 똑바로 바라보았다. 노아의 눈동자가 불안정하게 흔들리고 있었다.

"나도 혼자서는 너무 힘들어. 네가 곁에서 도와줬으면 좋겠어. 그런데… 더 만나면 너희 부모님께도 말씀드릴 거래. 그래도 같이 해결하자고 할 거야? 내 솔직한 마음은 어떤 줄 알아?"

"뭔데."

"아니다…."

"뭔데, 말해 봐."

노아는 차마 말을 꺼내기 어려운지 머뭇거렸다.

"나만 참으면 될 것 같은데 널 못 보면 난 죽은 사람이나 마찬가지일 것 같아. 그래서 네 인생이야 어떻게 되든 말든 나 도와달라고 바짓가랑이라도 붙잡고 빌고 싶어. 근데 그러면 안 되는 거잖아. 나 때문에 너까지 네 주변 사람들 실망하게 하고 싶지 않아."

치훈은 답답함과 참담함에 한숨을 푹 내쉬었다.

"미안해. 내가 제일 비겁했네, 그동안."

"이해해. 말처럼 쉬운 거 아니니까."

노아는 쓸쓸하게 웃으며 말을 이었다.

"우리 고3 때, 바다 가서 했던 말들 기억나? 부모님께 고백하고 안 받아 주시면 같이 대학 휴학하고 호주 가기로 했잖아. 오렌지 농장에서 일하고 먹고 자고 하면서 돈 모아서 거기서 살자고."

"어떻게 잊어. 그날이 내 인생 하이라이튼데."

"아무튼, 어렸다 그땐. 다 이룰 수 있을 것 같아 보였는데…."

이글루 안이 침묵으로 가득 찼다.

"치훈아, 오늘이 마지막이 될 거야. 나 앞으로 너한테 연락 안 할 거야."

치훈은 노아의 울음 섞인 말에도 아무런 대답도 하지 못했다. 이번에도 비겁했다.

늦은 밤이 돼서야 치훈은 집에 들어갔다. 수연은 식탁에 재료를 잔뜩 늘어놓고 샌드위치를 만들고 있었다.

"왜 이제 와? 연락도 안 받고."

치훈은 망설이듯 입술을 달싹이다 겨우 노아의 이야기를 꺼냈다. 그러곤 답답해져 냉장고로 향해 물을 꺼내 마셨다.

"노아가 왔어."

"그래? 휴가 나왔대? 벌써 그렇게 됐나? 군대 안 힘들었대?"

"뭐, 다 가는 건데."

"친구부터 찾은 거 알면 사모님 속상하겠다."

"근데 웬 샌드위치? 어디 가? 뭐 이렇게 많이 했어?"

"할머니가 아주 극성이셔. 너 선거 나가는데 엄마가 뭐라도 해야 하는 거 아니냐고. 그래서 등교하는 학생들한테 이거라도 하나씩 나눠 줄까 해서."

"맞아, 할머니도 나 끔찍하게 아끼시지. 난 복도 많네. 모두가 나만 바라보고, 나만 예뻐하고."
"알긴 아네?"
수연이 피식 웃으며 대꾸했다. 치훈은 잔뜩 쌓여 있는 샌드위치를 보며 미안한 마음이 들었다.
"나 때문에 우리 엄마 너무 고생한다."
"고생 아냐. 재밌어 신나. 짜릿해."
"기대가 크면 실망도 크대. 난 이제 혼자서도 잘할 수 있으니까 엄만 엄마 몸부터 챙겨."
"걱정하지 마. 나도 할 거 다 하면서 하는 거야."
"나 씻을게."
수연은 왠지 모르게 기운 없어 보이는 치훈의 뒷모습을 걱정스레 바라보았다.

　노아는 익숙하게 수영장 비밀번호를 눌렀다. 철컥, 하는 소리와 함께 문이 열렸고 비상등만 켜있는 캄캄한 수영장이 보였다. 노아는 천천히 발을 옮겨 끝이 보이지 않는 시커먼 물 옆에 무릎을 끌어안고 앉았다. 그러다 무언가 생각이 난 듯 무릎 사이로 얼굴을 푹 파묻었다.

　한참을 그렇게 있다 탈의실로 향했다. 세 달 전과 같은 모습의 제 캐비닛을 열어보자 치훈과 함께 찍은 사진들이 붙어 있다. 환히 웃는 모습이 더없이 예뻐 보였다.

　노아는 수영복으로 갈아입은 뒤 다이빙대로 올랐다. 천장에 푸른 물결이 일렁이고, 물속을 내려다보는 노아의 표정이 진지했다.

"이리 와, 마지막으로 안아 보게."

이글루 안에서 한참 이야기를 나누다 헤어지기 직전, 노아는 안기라는 듯 팔을 넓게 벌렸고, 치훈은 자연스럽게 안겼다.

"왜 그렇게 말하냐. 다신 안 볼 것처럼."
"언젠가 다시 만나겠지. 시간이 지나면… 뭔가 해결이 되면… 그때 다시 만날 수 있겠지, 우리."

노아는 치훈의 등을 쓸며 토닥여 주었고, 치훈이 고개를 들어 이마를 맞댔다. 입술이 닿을 듯 말 듯 아쉽게 맴돌았지만, 닿는 일은 없었다.

"치훈아, 넌 꼭 강했으면 좋겠어."

그 고요함 속에서 잠시 눈을 감은 채 지난 밤을 회상하며 심호흡을 가다듬길 몇 번. 노아는 드디어 결심한 듯 다이빙대에서 새처럼 날아올랐다.
그리고….
쿵!
무언가 부딪힌 듯 둔탁한 소리가 수영장을 가득 채웠고, 물이 채워져 있지 않은 수영장 바닥 타일 사이사이로 붉은색 피가 번져 갔다.

* * *

 상목과 정희는 새벽 예배를 드리고 있었다. 사람들과 찬송가를 부르는데 누군가 애타게 가슴을 치며 달려오더니 정희를 붙잡고선 말을 잇지도 못하고 눈물을 흘리며 주저앉았다.
 놀란 상목이 다가가 그를 부축하는데, 울음 사이로 들려오는 이야기에 놀란 눈으로 정희를 쳐다봤다.
 그 시각, 수연은 치훈의 정문 앞에서 밤새워 포장한 샌드위치와 선거 명함을 내밀고 있었다. 아이스박스에는 아직도 다 전하지 못한 샌드위치가 가득했다. 치훈도 어머니와 함께 학우들에게 인사하며 샌드위치를 나누어 주는데 전화 벨소리가 울렸.
 전화를 받고 잠시 뒤, 치훈은 쥐고 있던 샌드위치를 떨어트렸다. 치훈의 안색이 창백해진 걸 발견한 수연이 놀라 다가가자 치훈이 자리에 주저앉으며 울부짖기 시작했다. 그 울음 사이로 들려오는 소식엔 수연도 놀란 가슴을 부여잡을 수밖에 없었다.
 선거 유세를 도와주던 두나와 러너들도 노아의 부고 소식을 전해 들었다. 다들 믿을 수 없다는 듯 망연자실하여 눈물만 흘렸다.

* * *

 "치훈아, 넌 꼭 강했으면 좋겠어."

노아의 목소리에 치훈이 눈을 떴다. 실신했었는지 어느새 제 방에 누워 있었다. 제가 겪고 있는 일이 꿈인지 사실인지 분간이 되지 않았다.

그렇게 누운 채 멍하니 천장만 바라보고 있다가 몸을 일으켜 거실로 나왔다. 거실엔 두나가 소파에 앉아 멍하니 창밖만 바라보고 있었다.

"엄마는?"

"치훈아, 더 누워 있어. 너 진짜 상태 안 좋대."

두나는 치훈의 목소리가 들리자마자 다가가 상태를 살폈다.

"엄마 어디 갔어…?"

"막 장례식장으로 가셨지. 괜찮으면 우리도 가자."

치훈은 머리가 아픈지 한 손으로 관자놀이를 꾹꾹 누르며 겨우 말을 했다.

"당장 전화 좀 해 줘. 거기 가면 안 된다고."

수연은 장례식장 내에 있는 ATM에서 부조금을 뽑는 중이었다. 기계에서 나온 돈을 준비해 온 봉투에 잘 넣고 밀봉하는데, 두나에게서 전화가 왔다.

-어, 두나야. 치훈이 깨어났어? 치훈이 몸은 괜찮….

-엄마. 가지 마, 거기.

-응?

-가지 말라구요.

-뭔 소리야?

−나중에 다 설명할게.

−부조하고 예배만 얼른 드리고 갈게. 왜 그래?

−제발… 그냥 집으로 와요. 내가 지금은 말 못 하는데…

−왜? 뭔데? 좀 알아듣게 설명을 해 봐!

수연은 답답함에 큰소리로 묻다 모퉁이를 돌아 나오는 정희를 발견하곤 입을 다물었다. 정희는 정신이 나간 듯 텅 빈 눈으로 수연을 힐끔 보곤 그냥 지나쳐 갔다.

−어쩌면, 다 나 때문일지도 몰라.

−그게 무슨 소리야?

−나 때문에 그랬을지도 모른다고, 노아….

수연은 뜬금없는 말에 놀라 입을 가리고 속삭였다.

−미쳤어? 너 어디 가서 그런 소리 하기만 해 봐!

그때, 스쳐 지나간 줄 알았던 정희의 목소리가 들려왔다.

"치훈이 엄마? 치훈이는요? 치훈이는 안 왔어요?"

"그게… 소식 듣고 정신을 잃어서…."

정희는 괴로운 듯 얼굴을 잔뜩 일그러뜨린 채 말을 이었다. 목소리에 물기가 가득한 게 당장에라도 눈물을 쏟을 것 같았다.

"어제 우리 노아가 마지막으로 만난 사람이 치훈이라던데 혹시 뭐 들은 거 없어요?"

수연은 방금 치훈이에게서 들은 말 때문에 온몸의 핏기가 싹 가시는 기분이었다. 애써 마음을 다잡으며 대답했다.

"몰라요. 저한텐 그런 말 없었어요."

"발인 전에는 올 수 있겠죠?"

"올 거예요. 둘도 없는 친구였으니까."

"그럼… 나중에 치훈이랑 따로 얘기 좀 할 수 있을까요?"

수연은 그제야 치훈과의 통화를 끊지 않았다는 걸 깨닫고 얼른 통화 종료 버튼을 눌렀다. 그리고 떨리는 목소리로 물었다.

"왜요?"

"확인할 게 좀 있는데."

"저한테 말해 주시면 제가 전달…."

"아니요. 꼭 치훈이랑 얘기해야 돼요."

정희의 단호한 태도에 수연은 조금 당황했다. 왜 엄마인 자신은 빼고 치훈과 단둘이 이야기를 나누겠다고 하는지 모르겠다.

"왜요? 제가 알면 안 되는 거예요?"

"…알고 싶으세요?"

* * *

치훈은 전화가 끊긴 스마트폰을 손에 쥔 채 고개를 푹 숙였다. 아직도 믿기지 않았다.

"야, 뭔 소리야? 너 때문이라니?"

두나는 방금 제가 들은 통화 내용이 이해가 되지 않았다. 그래서 치훈의 어깨를 잡곤 따지듯 물었다. 치훈은 입만 꾹 다문 채 아무런 대답도 하지 않았다.

"말해 봐, 이 새끼야! 나한텐 말해 줄 수 있잖아."

치훈은 잠시 망설이는 듯하더니 두 눈을 꾹 감았다 뜨고, 이야기를 꺼냈다.

"입대하기 전날, 노아네서 잤어. 그런데 새벽에 노아 엄마가…."

"새벽에?"

두나는 치훈의 말을 듣고 잠시 생각을 해 봤다. 입대하기 전날, 노아네 집, 어머니….

"최악이네."

"최악이지. 그런 식으로 알려지는 건. 근데 문제는 걔네 부모님이 우리 엄마한테 말할 수도 있다는 거야. 웃기지 않냐? 내 걱정부터 하는 이 상황? 정말 쓰레기지, 나. 사랑하는 사람이 죽었는데 엄마가 알게 될까 두려워하는 거."

"이 상황에 자학하지 마. 그럴 수 있어."

두나는 치훈의 어깨를 토닥여 주었다.

"갈래? 장례식장?"

"무서워. 난 못 가…."

"그래도 마지막인데 인사는 해야지."

치훈은 결국 참고 있던 눈물을 흘리기 시작했다. 바닥으로 뚝뚝 떨어지는 눈물이 셀 수 없이 많아지자 두나는 그를 꼭 안아 주었다.

* * *

유빈과 선호를 비롯한 동아리 친구들이 장례식장에 방문했다. 각자 방명록을 쓰고 꽃 한 송이를 내려놓은 뒤 진심을 다해 두 손 모아 기도를 했다. 음식을 앞에 두고도 다들 수저도 들지 못했다. 너무 갑작스러운 죽음인 탓이었다.

노아의 영정 사진 앞으로 교회 사람들이 모였다. 침통한 얼굴로 국화를 놓거나 향을 피우곤 자리에 앉는데 수연도 그 사이에 급히 끼었다. 추모 예배가 시작되고 사람들이 추모의 송가를 부른다. 상목과 정희는 초췌한 몰골로 예배 하고 있는 수연을 바라보았다.

그 와중에도 장례식장에 방문하는 노아의 친구들은 점점 더 많아졌다. 유빈과 선호를 중심으로 모여들었고 두나도 막 도착해 그들 사이에 자리를 잡고 앉았다.

다들 아무 말도 못 해 침묵만 흐르는데 두나가 종이컵에 소주를 가득 따라 한잔 들이켰다. 볼을 타고 흐르는 눈물을 거칠게 닦고 다시 소주병을 집는데 선호가 두나를 말렸다.

"적당히 하자. 다들 힘들어."

"난 도저히 맨정신으로 못 있겠어."

그렇게 서로를 위로하는데 그 와중에 혁수가 궁금해 죽겠다는 듯 약간 들뜬 목소리로 선호에게 물었다.

"근데 왜 자살한 거야? 이유 알아? 독한 놈. 다이빙대가 거의 아파트 5층 높이 아니냐? 겁나 아팠겠다."

그 순간 선호의 얼굴이 굳었다. 어떻게 죽은 사람을 앞에 두고 흥밋거리에 지나지 않는다는 식으로 이야길 하는지 모르겠다. 친하진 않아도 친구 사이 아니었나.

"궁금하면 니가 뛰어내려 보든지."

"새벽에 청소하는 아줌마가 발견했다며? 그 아줌마 트라우마 생겨서 어떡하냐?"

그냥 듣고 넘기기엔 수위가 셌다.

"씨발 좋은 말 할 때 너 가라. 분위기 좆같이 만들지 말고."

"와, 이두나 욕 잘하네? 이쁘다 이쁘다 했더니 말도 이쁘게 하고?"

"그렇게 궁금하면 니가 뛰어내려 봐! 아, 체육과 애들이 그러더라? 넌 다이빙대 근처도 못 간다고? 계단 올라갈 때부터 지린다며? 쫄보 새끼."

혁수는 멱살이라도 잡을 기세로 손을 올렸다 한숨을 내쉬며 내렸다.

"야, 적당히 까불어. 너 그러다 남자한테 뒤지게 맞는다."

"남자도 남자 나름 아니냐? 나도 상대는 봐가면서 해."

"나와 그럼."

혁수는 결국 손을 올려 두나의 멱살을 쥐고 말았다. 옆에서 선호가 말리려 했지만 혁수의 힘을 이겨내진 못했다.

"그래! 오늘 깻값 좀 벌자! 니가 이겨도 본전도 못 찾아요~ 이 등신아!"

두나는 혁수에게 멱살을 잡힌 채 비릿하게 웃으며 말했다.

"니가 말했지?"

두나의 눈에 눈물이 차오르자 혁수는 당황하고 말았다. 저 때문인가 싶어 놓아야 하나 고민이 되었다.

"학교에 니가 꼰질렀지? 우리 불쌍한 노아… 이런 버러지 새 끼 때문에 다 때려치우고 군대까지 갔는데…"

 두나의 이어지는 말에 놀란 혁수는 두 눈을 크게 뜬 채 잡았던 멱살을 놓아 주었다. 두나는 자리에 주저앉아 눈물을 흘렸고, 혁수는 아무 말도 하지 않은 채 자리를 떴다. 분위기가 급속도로 식어 갔다.

 한편, 영정 앞에 모여 사람들과 송가를 부르던 수연은 잠깐 고개를 들었다가 상목과 눈이 마주쳤다. 어딘가 섬찟하기도 하고 뭔가 비밀이 담겨 있는 듯한 눈빛에 압도된 수연은 그 시선을 피하지 못했다.

 잠시 그렇게 시선을 마주하자 상목이 먼저 고개를 돌렸다. 그는 감정을 추스르려는 듯 두 손을 모아 기도를 시작했다. 그러더니 갑자기 자리에서 벌떡 일어나 분노에 찬 걸음으로 영정 앞에 놓인 국화들을 한 움큼 집어 바닥에 내팽개쳤다.

 송가를 부르거나 기도하던 사람들 모두 놀라 입을 멈추고 흥분한 상목과 정희를 번갈아 바라볼 뿐이었다.

*　*　*

 치훈은 노아가 발견됐다던 수영장으로 향했다. 수영장 바닥엔 사망사고 표시가 그려져 있었다. 아직 피가 완전히 닦이지 않은 듯 군데군데가 붉어 보였다.

 "강했으면 좋겠단 말… 이러려고 한 거야?"

그 순간, 수영장 바닥으로 추락해 유리처럼 조각조각 부서지는 노아의 모습이 환각처럼 떠올랐다. 치훈은 마치 제 몸이 부서지는 듯한 아픔을 느끼며 무릎을 꿇고 앉아 어깨를 끌어안았다.

그렇게 바닥에 웅크린 채 한참 동안 눈물을 쏟아냈다. 겨우 감정을 추스르고 탈의실로 향했다.

제 캐비닛을 여니 입대 전날 노아와 함께 찍었던 폴라로이드 사진이 가장 먼저 보였다. 치훈은 눈물을 삼키며 그 사진을 떼어내 가방에 소중히 집어넣었다.

"치훈아, 너 괜찮아?"

갑작스럽게 들려온 목소리에 고개를 돌려보니 혁수가 캐비닛 문 너머에 서 있었다. 혁수는 잔뜩 걱정스러운 얼굴로 말을 건넸다.

"노아가 그렇게 되고 니 생각이 제일 먼저 나더라."

치훈은 다시 몸을 돌려 노아의 짐들을 쇼핑백에 담기 시작했다.

"나 좀 놔둘래? 혼자 있고 싶어."

"나 장례식장에 다녀오는 길이야. 왜 안 왔어?"

"갈 거야."

"그래, 웬만하면 가라. 거의 연애하다시피 지냈잖아. 난 솔직히 너네 사귀는 줄 알았다니까?"

치훈의 표정은 점점 굳어졌지만, 혁수는 계속해서 비아냥거렸다.

"듣자 하니 죽기 전까지 너랑 있었다며? 이상한 낌새 같은 건 없었어?"

"없었어."

"뭐 어디서 읽었는데 사람이 자살을 결심하고 만나는 마지막 사람이 자신의 자살을 막을 수 있는 유일한 사람이라고 하던데…."

더이상 참을 수 없었다. 치훈은 쇼핑백을 바닥에 내려놓고 혁수에게 성큼성큼 다가가 벽으로 밀어붙였다.

"이 사이코패스 같은 새끼야. 남들 괴롭히는 게 그렇게 재밌냐?"

혁수의 멱살을 쥔 치훈의 손이 분노로 인해 부들부들 떨렸다. 혁수는 이 상황이 재밌는지 얄밉게 웃으며 말을 이었다.

"왜 이렇게 예민해? 내가 언제 괴롭혔다고. 겨우 이런 걸로 화내면 너야말로 분노조절장애 아니야?"

"너란 새끼는 죄책감이 뭔지 모르지?"

"죄책감? 물론 있어. 그런데 그 무게를 좀 나누고 싶은 거지. 그게 너면 좋겠고."

"왜? 도대체 왜 그러는데?"

"왜겠어? 난 너 같은 애들이 싫어."

탈의실을 울릴 정도로 큰 목소리에도 혁수는 기죽지 않은 채 활짝 웃어 보이기까지 했다.

***

노아의 시신이 불구덩이 속으로 들어갔다. 상목과 정희는 유리문 밖에서 가슴을 부여잡은 채 그 모습을 바라보았다.

상목은 며칠 동안 제대로 씻지도 못해 수염이 덥수룩했고, 정희는 거의 실신 직전인 상태로 보조석에 누워 있었다. 슬픔으로 가득한 차 안의 정적을 깬 건 상목이었다.
"당신은 어떻게 하는 게 좋겠어?"
"모르겠어. 마음 같아선 확 이 나라 떠 버리고 싶은데 교회는 어떡할 거야. 치훈 엄마 얼굴은 또 어떻게 보지?"
"치훈이, 걔가 어릴 때부터 이쁘장하긴 했지? 유치원 다닐 때부터 우리 교회 왔잖아. 머리가 길어서 여자앤 줄 알았다니깐. 성경학교 와서는 화장하고 춤까지 췄잖아."
"그 얘길 왜 꺼내 당신?"
정희는 깜짝 놀라 상체를 세워 상목을 바라보았다. 저런 말을 하는 의도를 어렵지 않게 짐작할 수 있었다.
"생각해 보면 다 그놈 때문이야. 나는 솔직히 억울해. 내 새끼 그놈한테 홀려서 바친 기분이라고. 우리 아들은 이렇게 됐는데!!"
상목은 억울함을 참지 못하고 핸들을 주먹으로 여러 번 내려쳤다. 정희는 이러다 일 날 것 같다는 생각에 얼른 손을 뻗어 상목의 손을 꼭 쥔 채 다독여 주었다.
"당신, 당신은 목회자야. 행여라도 잘못된 생각 하지 마."

　시간은 속절없이 흘러 투표 날이 되었다.
　마지막으로 공략이 적힌 포스터를 보는 학생과 막 투표를 하고 나오는 학생들로 인해 투표소 앞은 인산인해를 이루고 있었다.
　치훈은 옥상 난간에 몸을 반쯤 내민 채 교정을 거니는 학생들을 물끄러미 보고 있었다. 선호가 다가와 치훈의 뒷덜미를 잡아당겼다.
　"위태위태하다? 왜 너도 뛰어내리려고?"
　치훈은 몸을 돌려 난간에 등을 기대며 시선을 바닥에 고정한 채 어렵게 입을 뗐다.
　"형, 지금이라도 나…."
　"기권해도 되냐고? 응, 안 돼. 공과 사는 구분해야지? 너 회장 만들겠다고 들어간 인력과 돈이 얼마냐?"
　"처음에 형이 출마한다고 했을 때 난 반대 안 했어. 노아가 날 지지하기 전까지는. 그런데 후회돼. 그때 내가 그만뒀어야 했는데."

선호가 깊은 한숨을 내쉬며 치훈의 어깨에 손을 올렸다.

"냉정하게 말하면 나는 나에 대해서 진짜 객관적이거든? 내가 출마했음 여기까지 못 왔어. 너니까 왔지. 그리고 난 킹메이커가 어울려. 그러니까 너까지 뒤지지 마. 내 손에 뒤지기 싫으면."

위로하는 말에도 치훈의 마음은 여전히 복잡했다.

* * *

두나가 막 투표를 끝내고 투표소를 나오는데 누군가 모퉁이에서 튀어나와 두나의 손목을 낚아챘다. 그러곤 강제로 어딘가로 끌고 갔다. 남자의 힘을 이길 수 없던 두나는 속수무책으로 끌려가면서도 소리를 질렀다.

"뭐야! 뭐! 놓고 말해!"

환희는 성큼성큼 걸어 인적이 드문 건물 사이로 들어가자마자 두나를 벽에 밀치고 입술을 들이댔다. 두나가 기겁하며 밀쳐내자 의외로 순순히 떨어져 나갔다.

"미쳤냐?"

"엊그제 수업하다가 동우랑 같이 사라졌단 게 사실이야?"

"응, 같이 과제 했는데? 그게 왜?"

환희의 눈매가 샐쭉해졌다.

"소문은 그게 아니던데?"

"다들 믿고 싶은 대로 말하겠지. 그러거나 말거나 난 신경 안 써."

"말을 말자. 내가 널 어떻게 컨트롤하겠니."

"니가 왜 날 컨트롤해?"

말이 통하지 않는다 생각했는지 환희는 숨을 내쉬며 답답하다는 듯 머리를 쓸어 올렸다.

"알겠고 오늘은 나랑 어디 좀 가자. 같이 있고 싶어."

"안 돼. 일 있어."

"무슨 일인데!"

"오늘 선거 끝나잖아. 뒤풀이 가야지."

"야, 넌 재밌지? 남자들이 너가 뭔 짓을 해도 다 받아 주고 하니까?"

이번엔 두나가 어이가 없어졌다.

"받아 주긴 뭘 받아 줘. 서로 그 순간 재밌게 잘 놀았음 된 거 아니야? 세상 쿨한 척은 다 해 놓고 질척거리는 쪽이 웃긴 거 아냐? 그리고 너도 뒤로 다른 여자 만나고 할 거 다 해 놓고 갑자기 왜 이래? 우리 사귀는 거 아니잖아."

"그렇게 사람 마음 가지고 장난치는 거 재미없어 두나야. 너 그러다 큰일나."

환희가 얼굴을 가까이 들이밀며 섬뜩하게 이야기했다. 두나는 환희가 이렇게까지 화를 내는 게 이해되지 않았다. 서로 즐길 거 다 즐겼고 사귀는 사이도 아니면서.

* * *

땅거미가 드리우자 투표 종료를 알리며 투표소가 철거되었다. 개표소에서 선관위 학생들이 개표를 시작하였다. 선거에 출마한 후보들은 다들 초조한 마음으로 결과가 나오기를 기다렸다. 긴장한 건 치훈의 캠프도 마찬가지였다.

 표 집계 판의 숫자가 엎치락뒤치락하며 계속해서 바뀌어 가다가 치훈 쪽이 전세를 확 뒤집었다. 승리를 확신한 러너들이 한껏 기대에 부풀어 환호성을 내지르고 있었지만, 치훈의 표정은 여전히 어두웠다.

 집계가 끝나고, 예상했던 대로 치훈이 당선되었다. 두나를 비롯한 다른 친구들은 들고 있던 종이 가루와 두루마리 휴지를 날리며 승리의 기쁨을 나누느라 바빴다. 오직 치훈만이 고개를 푹 수그린 채 앉아 있을 뿐이었다.

* * *

 접수대에서 환자들을 받던 수연은 장례식장의 일들이 떠올라 골똘히 생각에 빠졌다.

 "…알고 싶으세요?"

 그날의 정희는 굉장히 혼란스러운 얼굴이었다. 계속해서 망설이더니 결국 이런 말만 남기고 자리를 떴었다.

"곧 알게 될 거예요. 치훈이 엄마도."

수연을 상념에서 깨운 건 핸드폰 벨 소리였다. 치훈이 당선 결과를 알려온 것이었다.
"잘됐네! 축하해! 아들!"
그 소리를 들은 기태도 진료실에서 뛰어나와 소식을 물었다.
"어떻게 됐대?"
"당선됐대!"
기태는 환한 미소를 건 채 양손을 하늘로 뻗으며 손님들께 자랑하듯 소리쳤다.
"이야! 여러분! 이 강기태의 아들 강치훈 군이 양지대학교 학생회장으로 뽑혔답니다! 하하하하하!! 가만있어 봐 이거 떡이라도 돌려야 하는 거 아니야?"
대기실에 있던 손님들이 하나둘 박수를 치며 축하 인사를 건네주었고, 수연도 기태의 신난 모습에 쿡쿡 웃었다.

* * *

이른 새벽. 찜기에서 하얀 김이 모락모락 피어올라 아직 날씨가 풀리지 않았음을 증명해 보였다. 수연은 급한 걸음으로 가게 안으로 들어갔다.
"어머님, 저 왔어요!"
"금방 한다. 거기 앉아서 기다려라."

시어머님은 떡을 자르면서 급히 들어오는 수연에게 말했다. 수연도 겉옷을 벗고 종업원들과 나란히 서서 시루떡 포장을 도왔다. 소식을 들은 종업원들이 수연에게 축하 인사를 건넸고, 수연은 쑥스럽고 뿌듯하게 웃으며 감사 인사를 전했다.

어느새 포장을 다 마치고, 수연은 시루떡 상자를 차에 싣고 내과로 향했다. 병원 대기실은 이른 아침임에도 감기 환자들로 만석이었다. 수연은 떡 한 박스를 머리에 이고 들어와 접수대 위에 털썩 내려놓으며 황 간호사에게 일렀다.

"계산할 때 하나씩 나눠 드려요. 부탁해요."

기태는 클래식을 들으며 머그잔에 담긴 아메리카노를 홀짝이며 여유로운 아침 시간을 보내고 있었다. 수연이 후다닥 들어와 옷걸이에 걸려 있는 간호사복을 갈아입으며 한마디 했다.

"근데 저 스티커는 떼고 주는 게 낫지 않아? 암만 봐도 오바하는 것 같은데."

"어머님 지시사항이잖아. 또 사람들이 예의상이라도 뭔 좋은 일 있냐고 물을걸. 일일이 대답하기도 귀찮은데 좋지 뭐."

"그냥 당신도 자랑하고 싶다고 말해. 충청도 남자 그 빙빙 돌려 말하는 거 지겹다 증말."

수연은 쿡쿡 웃으며 기태의 머리를 매만져 주었다.

"치훈이한테는 비밀이다? 그 녀석, 내가 떡 돌린 거 알면 질색팔색해."

수연이 장난스럽게 웃으며 옆구리를 찌르자 기태가 민망한 듯 목을 가다듬으며 시치미를 뗐다.

 검은 우산에 검은 모자 검은 옷을 입은 한 남자가 게시판 앞에 서더니 무언가를 붙이고 사라졌다. 수업이 막 끝났는지 교정에 학생들이 가득해졌다. 누군가 그 대자보를 발견하곤 경악을 하자, 하나둘 게시판으로 모여 카메라를 들이밀기 시작했다.
 대자보에는 동성애자가 학생회장이 되는 것을 반대한다는 내용이 쓰여 있었다.

 갑자기 교내 학생들이 몰려와 개표소 안이 바글바글해졌다. 학생들은 순식간에 치훈을 둘러쌌고, 그중 학생 신문기자가 선봉에 서서 구호를 외쳤다.
 "당선! 무효!"
 몰려온 학생들도 그 구호를 연신 외쳐댔다.
 "당선! 무효!"
 치훈과 그의 러너들은 지금 이 상황이 어떤 상황인지 도저히 감이 잡히지 않았다.

* * *

 정목교회 교인들이 정문 앞에 서서 낮은 목소리로 추모 예배를 하고 있었다. 굳게 닫힌 문 앞에는 추모를 위한 작은 꽃다발과 캔들이 놓여 있고 치훈은 모자를 푹 눌러쓴 채 그들 사이에 끼어서 기도를 했다.
 작은 꽃다발을 들고 서서 잠시 노아의 영정 사진을 바라보았다. 밝게 웃는 얼굴 때문에 마음이 더 아팠다.
 치훈과 나란히 서서 노아의 영정 사진을 보던 두나는 도대체 누가 그런 소문을 퍼트렸는지 생각했다.
 '도대체 어떤 놈일까?'

 수업을 마치고 동아리 방에 모였다. 치훈은 두통이 이는 듯 머리를 감싼 채 소파에 앉아 있었다. 두나는 화가 잔뜩 난 표정으로 자리에 앉았다 일어나길 반복했고 동아리 멤버들도 무언가 고민에 빠진 듯한 표정으로 여기저기에 힘없이 앉아 있었다.
 어제 교내 학생들이 개표소로 찾아와 당선 무효를 외쳤던 일 때문에 다들 심란한 상태였다.
 두나가 벌떡 일어나더니 주먹을 불끈 쥐고 말했다.
 "누군지 잡히면 아주 그냥 인생 지옥으로 만들 거야. 빨리 범인 잡아야 돼. 안 그럼 두고두고 협박할 거라고!"
 치훈은 관자놀이를 꾹 누른 채 무기력한 표정으로 두나와 친구들을 바라보았다. 두나의 말에 대답을 한 건 유빈과 선호였다.

"괜히 도발하는 거 아닐까요? 그랬다가 그 사람이 뭔가 결정적인 걸 터뜨리면?"

"발뺌해야지. 아니라고 하면 되잖아. 잠시 정체성에 혼란이 있었지만, 지금은 정상이다. 그렇게."

치훈은 선호의 말에 기분이 언짢아졌다.

"정상이다?"

냉소적인 치훈의 말에 선호는 자신이 말실수를 했나 싶었다. 하지만 제 의견이 틀렸다고 생각하지는 않았다.

"그런 말이 먹혀. 특히 꼰대들한테는. 이왕이면 하나님의 힘으로 다시 이성애자가 됐다! 이러면 그날부터 총장님의 총애를 받을 수도?"

"졸라 코미디네."

두나가 어이없다는 듯 코웃음을 치며 치훈에게 다가가 다정히 어깨동무하며 물었다.

"할 수 있겠어?"

치훈은 그저 씁쓸할 뿐이었다. 소중한 친구가 죽은 마당에 자신의 정체성 때문에 이런 사달이 나서 미안하기도 했고. 선호는 치훈의 얼굴을 바라보며 위로와 해야 할 말을 건넸다.

"너 힘든 상황에 부담 주는 것 같아서 정말 미안한데 이렇게 멍 때릴 타임이 아니야. 너가 어떻게 하느냐에 따라 달렸어. 너, 나, 우리 전부."

치훈은 선호의 말에 더욱 복잡해졌다.

* * *

 동아리 방에 모이기 직전, 소회의실에서 교수 몇 명과 면담 아닌 면담 시간을 가졌었다.
 고은을 포함해 세 명의 교수들이 긴 책상에 나란히 앉아 있었고, 치훈은 그들의 맞은편에 홀로 앉아 있었다. 교수 한 명 한 명의 눈을 피하지 않으려 애쓰는 모습이 역력했다.
 이 자리가 만들어진 건 어제 있었던 당선 무효 사건 때문이었다.
 "상대 측 캠프의 음해가 아닐까 의심하는 중이라 저희 측 캠프도 대응책을 찾고 있습니다."
 "음해공작이라면 더 은밀하게 해야 하지 않나? 작년에도 그 학생회장 미투 사건 여학생들이 익명으로 대나무숲인가 어딘가에 올리고 그랬잖아?"
 치훈의 말에 김 교수가 미투 사건을 언급하며 더 상대측이 벌인 일이라면 더 은밀하게 진행하지 않았겠느냐 묻자 다른 교수들도 동감한다는 듯 고개를 끄덕였다.
 "확실한 물증이 없다 보니 힘을 합치자는 취지였습니다."
 조 교수가 한마디 보태자 김 교수는 만족스럽게 고개를 끄덕였고, 고은은 말을 아낀 채 다른 교수들의 이야기를 듣고만 있었다. 이번에 나선 건 강 교수였다.
 "내 생각도 비슷한데 이렇게 대놓고 대자보에 알릴 정도면 무언가 확실한 증거를 가지고 있는 게 아니냐 이 말이지."
 "본인이 아니라잖아. 그러면 허위사실 유포로 고발할 수 있지 않나? 수사 의뢰해서 CCTV 돌리면 요샌 금방 찾을 수 있잖아?"

"고발 생각 있어?"

김 교수가 고발을 언급하자, 조 교수가 치훈에게 그럴 생각이 있느냐고 물었다. 치훈이 당황하여 "네?" 하고 되묻자 조 교수가 뭔가 안다는 듯 의미심장한 표정을 지으며 말했다.

"고발 안 될걸?"

치훈은 그의 말을 이해할 수 없어 고개를 기울였다.

"아, 명예훼손은 성립이 되겠네."

치훈은 이어지는 조 교수의 말도 이해하지 못했다. 무언가 알고 있는 듯한 표정과 고발이 안 될 거라 장담하는 듯한 말투까지 왠지 불편했다.

강 교수가 침묵을 지키던 고은에게 화살을 돌렸다.

"선 교수. 선 교수는 젊으니까 요즘 애들에 대해서 잘 알 거 아니야. 입 다물고 있지 말고 얘기 좀 해 봐."

"전 이 상황에 놓인 치훈 학생이 제일 걱정이 되네요. 가깝게 지내던 친구도 갑작스럽게 잃었는데 말도 안 되는 소문이 돌기까지 하니… 교수님들이라면 이 상황을 온전히 제정신으로 버틸 수 있겠어요? 괴롭히는 정도가 심해지면 학교 측에서도 학생 보호차원으로 뭔가 조처를 하면 되니까."

"아니, 우리도 이런저런 얘기 많이 듣고, 보니까 원래 학생회장 출마도 노아라는 학생이랑 같이할 예정이었다며? 그 학생이 얼마 전에 자살한 그 학생이라며?"

걱정스러운 고은의 말에도 조 교수는 언행을 조심하지 않았다.

"아웃팅을 당하고 자살한 연인을 위해 못다 이룬 꿈을 꾸다, 뭐 이런 말도 안 되는 시나리오가 돈다고. 게시판에. 소문이 사실이면 우리도 강치훈 군을 학생회장에 임명할 수 없지. 아니라면 화끈하게 아니라고 증명을 해."

고은을 제외한 다른 교수들이 어디 한번 이야기해 보라는 눈빛으로 치훈을 바라보았다. 압박감을 느낀 치훈은 불안한 눈빛으로 고은을 바라보았고, 고은은 학생 한 명을 앞에 두고 압박을 해 대는 교수들의 작태에 어이가 없어졌다.

"웬 증명? 그게 왜 필요해요? 사상검증도 아니고? 그리고 진짜 동성애자라 쳐도 그게 무슨 문젠데요? 어디 가서 그런 소리 하면 틀딱 소리 들어요. 요즘 세상에 무슨⋯."

틀딱이라는 단어의 뜻을 모르는 교수들은 어리둥절한 표정으로 서로를 바라보았고, 고은은 잔뜩 화가 난 듯 얼굴이 상기되어 있었다.

교수들과의 이야기는 그렇게 끝이 났다.

치훈은 굳은 얼굴로 소회의실 문을 열었다. 그런데 개표실까지 찾아와 당선 무효를 외치던 학생들이 소회의실 앞에 서 있었다.

그들은 치훈이 등장하자마자 또다시 "당선 무효!"를 외치기 시작했다. 그중 학생기자와 눈이 마주쳤는데 학생 기자는 지켜보겠다는 듯한 제스쳐를 취하며 그들과 함께 "당선 무효!"를 격렬히 외쳐댔다.

한숨을 내쉬며 무시하고 지나쳐 가려는데 누군가 던진 계란에 맞고 말았다. 계란 하나가 날아오자 다른 사람들도 준비했다는

1)성 소수자를 지지하는 자라는 뜻.

듯 다 같이 계란을 던지고, 밀가루를 뿌리고 난리가 났다.

무방비 상태로 테러를 당한 치훈은 깜짝 놀라 걸음을 옮기지도 못한 채 굳었고, 군중들은 "똥꼬충 아웃!", "악마 새끼!", "게이 주제에 니가 어떻게 우리 학교 대표야?" 하는 혐오의 말을 거리낌 없이 외쳐댔다.

치훈을 뒤따라 나오던 고은과 교수들은 소회의실 앞에서 벌어진 난장판에 놀라서 입을 다물지 못했다. 교수들은 금방 정신을 차리고 잔뜩 몰려 있는 학생들을 돌려보낸 뒤 굳은 채 바닥만 보고 있던 치훈의 어깨를 토닥이며 돌아가 보라고 했다.

치훈은 곧바로 화장실로 들어가 몸과 머리에 묻은 계란 물을 씻어냈다. 노아의 죽음을 받아들이는 것도 힘이 드는데 제 정체성 때문에 생겨난 논란에 혼란스럽고 복잡했다.

물기를 털며 화장실에서 나오는데 고은과 마주쳤다. 아무래도 제가 걱정된 모양이었다.

"괜…찮니?"

"…네."

"나 누군지 알지? 내 수업 들어 본 적 있어? 필수 교양이잖아."

"네, 들어 본 적 있어요."

"내 수업 열심히 들었으면 엘라이[1]라는 말도 알겠네? 난 엘라이야. 너희 단소 동아리? 그거 위장인 것도 다 알고 있었어."

치훈은 고은의 말을 듣고 있다가 위장 동아리라는 것을 알고 있다는 말에 깜짝 놀랐다.

"교수님이 어떻게요?"

"너희 동아리 선배들 몇 명 이미 오래전부터 지원하고 있었어. 그래서 노아랑도 이미 알고 있는 사이였고."

고은이 갑자기 노아를 언급하자 치훈은 더욱 의아해졌다. 무슨 의도로 이런 말을 하는지 제대로 파악하지 못했기 때문이었다.

"그래서요?"

"돕고 싶어. 할 수 있는 건 다 해 볼 생각이야. 다시는 노아처럼… 그런 애가 생기는 걸 보고만 있을 순 없어."

고은의 눈빛은 단호했고 강렬했다.

"중요한 건 네가 나에게 얼마나 마음을 여느냐에 달렸어. 그래야 나도 얼마만큼 도울 수 있는지 알 수 있으니까."

고은은 치훈의 손 위에 제 명함을 올려주었다.

"내 번호야. 필요할 땐 언제든 교수실로 찾아와. 알겠지?"

* * *

치훈은 잔뜩 엉망인 몰골로 동아리방으로 돌아왔다. 멍하니 소파 앞에 서 있는데 쇼핑백 하나가 눈앞에 쓱 내밀어졌다. 두나였다.

"대충 사 왔어. 그냥 입어."

"고마워. 너밖에 없다."

치훈은 두나에게 쇼핑백을 받아 들고 입고 있던 옷을 거리낌 없이 훌훌 벗어 두나가 사 온 옷으로 갈아입었다. 워낙 오랫동안 보아온 사이라 두나도 전혀 사심 없는 눈으로 치훈이 옷을 갈아입는 것을 바라보았다.

"뭐야 잘 어울리네?"

"그래? 다행이다."

"옷이 강치훈 빨을 다 받네."

치훈이 매무새를 가다듬으며 피식 웃자 두나가 한숨을 내쉬었다.

"언제까지 당할래? 너 아까 꼴이 튀김옷 입은 것 같았다니까. 계란 물 입히고~ 밀가루 바르고~"

"그게 재밌냐? 너~는 진짜!"

두나가 장난스럽게 웃으며 놀리자 치훈이 어이없다는 듯 실소를 터트리며 머리를 쓸어 넘겼다. 두나가 돌연 얼굴을 굳히고 말했다.

"내 생각엔 전문가에게 이 문제를 터놓고 도움을 구하는 게 나을 것 같아. 제멋대로 아웃팅 한 사람을 찾으려면 경찰서에 신고부터 해야 하나?"

"너 선고은 교수님 알아?"

"알지. 필수 교양 성과 사회. 왜?"

"아침에 징계위원회 쪽 호출로 갔는데 계시더라고. 명함 받았어. 언제든 오래. 도와주겠다고."

두나는 치훈이 꺼내 보여 주는 명함을 빤히 살피면서도 의심스럽다는 듯 인상을 찌푸렸다.

"왜?"

"몰라. 가서 물어보려고."

* * *

하늘이 어둑어둑해질 때쯤, 고은은 자신의 교수실에서 책을 읽고 있었다. 한창 집중하고 있는데 노크 소리가 들리고 문이 열렸다. 교수실로 들어온 건 당당한 얼굴의 치훈과 의심 가득한 얼굴의 두나였다.

고은과 치훈, 두나는 교수실 가운데에 자리한 소파에 마주 앉게 되었다. 침묵을 깬 건 치훈이었다.

"노아가 교수님을 왜 찾아왔나요?"

"노아가 신입생 때 내가 인터넷에 쓴 기고문을 읽고 찾아왔댔어. 그 뒤로도 고민이나 걱정거리 있을 때면 종종 찾아와서 상담도 했고."

"무슨 고민이었는지…."

"음, 그건 미안하지만 말해 줄 수 없어. 상담자 기본예의잖아? 노아는 나랑 상담하면서 사귀는 사람이 누군지 단 한 번도 얘기해 주지 않았어. 우리 학교에서 제일 잘생긴 남자라고만 했어. 참 로맨틱한 애지?"

고은은 옅은 미소를 건 채 '그게 너구나.' 알겠다는 듯 다정한 눈으로 치훈을 바라보았다. 치훈은 마음이 아픈 듯 미간을 미세하게 구겼다.

고은의 말을 끝으로 짧은 침묵이 이어졌다. 손목시계로 시간을 확인한 고은이 물었다.

"미안한데 시간이 그렇게 많지는 않아서. 다음 수업 때문에.

할 말이 뭔지 짧고 굵게 얘기해 줄래?"
 치훈은 휴대폰을 꺼내 메시지 함을 열어 고은에게 건넸다.

 [왜 인정 안 했을까? 장난으로 보여? 니가 노아를 죽음으로 내몬 결정적인 증거가 있어. 취임식 전에 모든 걸 인정해.]

 고은은 메시지를 확인한 뒤 덤덤한 표정으로 치훈에게 핸드폰을 돌려주었다.
 "그래서 네가 제일 두려운 게 뭐야?"
 "평범한 사람처럼 차별 없는 시선 받으며 살고 싶어요. 특히 엄마 아빠한테도 지금 그대로 사랑받고 싶어요."
 "시도는 해 봤니?"
 "그게 시도라고 하기도 좀 민망한데."
 고은의 질문에 치훈은 조금 민망한 기분이 들었다. 제가 부모님과 해 봤던 건 영화를 본 것뿐이었기 때문이었다.
 "어떤 식이었어?"
 "같이 영화를 봤어요. 교수님 교양수업 준비 때문에 봐야 한다고. 게이 커플이 나오고, 그 부모들이 이해해 주는 영화였어요."
 "내가 보라고 했던 영화구나? 어쨌든 그 영화는 동성애고 뭐고를 떠나서 좋은 영화잖아."
 "아들이 저런 삶을 선택했다면 엄마는 어떨 것 같냐고 물어봤어요."
 고은은 치훈이 민망해했던 것치곤 꽤나 직설적으로 물었다는 생각에 조금 놀랐다. 치훈은 한참 입술을 우물거리다 겨우 말을 이었다.

"죽을 때까지 비밀로 하고 들키지 않았으면 좋겠대요. 부모가 모를 권리도 있다고. 그건 일방적인 폭력이라고."

"놀라울 것도 없어. 그게 보통 부모의 반응이야."

고은은 치훈이 무엇을 걱정하는지 알 것 같았다.

"혹시라도 이 협박이 계속돼서 부모님께까지… 물론 그런 일이 일어나지 않아야겠지만 혹시라도 부모님이 알게 되신다면 내가 너희 부모님을 좀 만나 봐도 될까? 그래도 나는 양지대 교수라는 타이틀도 있고 설득까지는 어려울 수 있지만, 대화를 하는 데 거부감은 덜할 것 같은데."

"괜찮을까요?"

"이전에도 상담한 경험이 있는데 결과가 그리 나쁘진 않았어. 다 좋을 거라 장담은 못 하지만? 어쨌든 네가 상처 안 받는 게 최우선이니 내가 어떻게 하는 게 좋을지는 깊이 고민하고 생각해 볼게."

"고맙습니다."

치훈과 고은이 진지하게 대화를 나누는 와중에도 두나는 의심을 지울 수 없었다. 고은이 치훈의 문제에 관해서 왜 저리 적극적으로 나오는지도 모르겠고.

"그런데 치훈아. 지금 상황이 시간을 길게 끌 수는 없어. 어찌 됐든 간데 학교 전반에 너의 입장 표명도 필요해. 알지?"

"네. 힘들지만 그렇게 해 볼게요."

치훈과 두나와 이야기를 나누고 모든 수업이 끝난 뒤, 고은은 밤이 되어 어둑한 교수실 안에 홀로 앉아 생각에 잠겨 있었다. 생각이 꼬리에 꼬리를 물고 이어져 끝날 기미가 보이지 않아 답답했던 고은은 한숨을 푹 내쉬고 짐을 챙겨 교수실을 나섰다.

* * *

기태와 수연은 병원 유니폼을 입은 채 마주 앉아 이야기를 나누고 있었다.

"동창들이 한턱 쏘라고 안 해?"

"안 그래도 다 그 소리 하는 통에 돈 나가게 생겼어. 휴…. 근데 난 우리 치훈이도 걱정돼 죽겠어."

"애랑 얘기는 해 봤어?"

"말로는 괜찮다는데…. 괜찮을 리가 있겠냐고."

수연은 한숨을 푹 내쉬었다. 가장 친하게 지내던 친구가 갑작스레 죽었는데 괜찮을 리가 없었다. 수연을 따라 한숨을 쉰 기태가 조심스러운 표정으로 말을 꺼냈다.

"그러고 보면 걔네 꼭 사귀는 것 같았잖아. 365일 꼭 붙어 다니고."

기태의 걱정스러운 말에도 수연은 대수롭지 않게 반응했다.

"오죽하면 내가 그랬다니까? 노아가 여자로 태어났으면 치훈이랑 결혼시켰을 거라고. 애가 얼마나 다정하고 싹싹하고 예뻤어?"

"그런 친구를 잃었으니 마음이 어떻겠어."

"당신도 애랑 대화 좀 해 봐. 지금은 당신이고 나고 비상이다 생각하고 잘 지켜봐야 돼."
"알겠어."

 병원 퇴근 후 수연은 곧 있을 모임을 위해 화장을 하고 있었다. 기태는 샤워를 하고, 안방으로 들어와선 수연의 화장을 보곤 장난스레 한 소리 했다.
"너무 진하게 하지마. 얼핏 보고 아가씬 줄 알고 쫓아왔다가 으어어억! 한다."
 수연은 쿡쿡 웃으며 립스틱을 바르며 화장을 끝마치곤 장롱으로 걸어갔다.
"그 엄마가 치훈이 당선됐다고 주말에 가족들 모여서 밥 한 끼 먹자고 하시니까 치훈이한테도 얘기해둬."
"알겠어."
 수연이 장롱 속 깊은 곳에서 박스 하나를 꺼내며 대답했다. 박스 안엔 새것과 다름없는 명품 가방이 들어 있었다. 수연은 소중한 것을 꺼내듯 조심스럽게 메보곤 거울 앞에 서서 이리저리 몸을 돌려가며 차림새를 살폈다.
 기태가 미소 지은 채로 그 모습을 보다 지갑에서 카드를 꺼내 건네주었다.
"맘껏 써. 아끼지 말고."
 수연은 의외라는 표정을 지으면서도 만족스럽게 웃으며 받아들었다.

수연은 친구들과 와인바에서 즐거운 시간을 보내고 있었다. 빈 와인병 서너 개가 나란히 놓여 있고, 다들 기분 좋게 취해 한껏 높아진 목소리로 이야기를 나누고 있었다.

"우리 연희는 아직도 치훈이 얘기만 하면 얼굴이 새빨개진다니까?"

"어머, 아직도?"

"고딩쯤 되면 다른 남자가 눈에 들어오지 않을까 했는데 일편단심 강치훈이래. 그래서 내가 그랬지. 치훈이 오빠 만나려면 레벨이 맞아야 하니까 일단 양지대 입학부터 하라고. 그랬더니 또 열심히 한다?"

"어쩌니 짠하겠다."

"이쯤 되면 치훈이 생각도 들어봐야지. 치훈이는 연희 어떻대?"

수연의 친구들이 치훈을 주제로 이야기를 해 나가다 돌연 치훈의 생각을 물어왔다.

"연희? 연희야 당연히 이쁘고 야무지고 둘이 사귄다면 나야 땡큐지!"

"아니, 니 생각 말고 치훈이 생각. 치훈이는 너한테 여자친구 소개시켜 준 적 없어?"

치훈은 수연에게 여자친구를 소개해 준 적도 없고 딱히 제 속마음을 터놓는 아이가 아니었다.

"그러고 보니 아직 없네? 내 앞에서 누구한테 관심 있다 이런 티를 한 번도 안 내서."

"성인인데 불안하지 않아? 비밀이 너무 많은 건 부모와의 관계가 건강하지 않다는 증건데."

수연은 그 말에 살짝 기분이 나빠졌지만 분위기를 나쁘게 만들 순 없기에 그저 웃으며 넘기려 했다.

"어우, 우리 치훈이는 몸만 다 컸지 그런 거 몰라. 아직 엄마 울타리 안에 있는 게 편한가 봐."

"과연 그럴까? 넌 너 스스로 아들을 다 알고 있다고 생각해?"

제 아들에 관해 다 알고 있냐는 질문에 수연은 조금 당황스러웠다. 제 아들을 모르는 엄마도 있단 말인가.

"아들 가진 엄마들 중에… 가끔 그런 타입 있잖아. 내 아들은 세상에서 제일 착해 우리 아들이 그럴 리 없어. 그건 자식을 사람으로 대하는 게 아니라 절대 배신하지 않는 말 잘 듣는 애완동물쯤으로 취급하는 거지. 그래서 굳이 알고 싶지 않은 사실들은 외면하는 거고."

그 말에 다른 친구가 화들짝 놀라 말렸다.

"얘! 너 취했다. 먼저 들어갈래? 대리 불러 줄까?"

"우리 딸도 양지대 다니는 거 다들 알지? 요즘 양지대에서 어떤 말이 나오는지 알면 너네 까무러칠걸?"

수연은 이제는 화가 나기 시작했다. 제 아들에 관해 뭘 안다고 저렇게 심하게 말하는지 모르겠다. 게다가 양지대에서 어떤 말이 도는지 제가 알 게 뭐란 말인가.

"뭔데? 무슨 말이 나오는데?"

수연이 날카롭게 물었지만 그 말을 꺼낸 친구는 머뭇거리며 웅얼거리기만 할 뿐 속 시원히 말하지 못했다.

"그건 말 못 하지?"

다른 친구가 나서서 그녀의 등짝을 약하게 치며 수연의 눈치를 봤다.

"미쳤어. 오랜만에 만나서 축하는 못 할망정. 수연아, 니가 이해해. 얘 원래 매사에 질투 많고 부정적이잖아."

수연은 다 이해한다는 듯 한숨을 내쉬며 고개를 저었다.

"그래, 이해해. 너라고 힘든 일 없겠니? 난 요즘 그렇다? 뭔가 세상 보는 눈이 밝아진 거 같아. 불행한 사람들이 괜히 남 행복에 시기 질투하잖아."

수연에게 시비를 건 친구는 수연이 도대체 뭔 소리를 하나 싶었다.

"한창 정신없을 땐 몰랐는데 치훈이 크고 나니까 그런 게 보이더라고. 행복한 사람은 남도 행복했으면 하는데 불행한 사람은 남도 불행한 걸 즐기더라고."

수연은 친구의 잔에 와인을 채워 주며 위로하듯 말했다.

"무슨 일인지는 모르겠지만 오늘 풀자, 응? 내가 주제 파악은 못 해도 남 상담은 잘해 주기로 유명했잖아?"

친구는 그 말에 어이가 없었다. 학교에서 제 아들을 주제로 무슨 이야기가 오가는지도 모르면서 저렇게 쉽게 말할 수 있나 싶었다.

 치훈은 침대에 누워 대나무숲 게시판에 있는 글들을 훑어보고 있었다. '이번 학생회장이 게이가 아닌 증거'라는 글을 클릭해 보면 수영복을 입고 있는 제 전신사진이 있고 그 아래 중요 부분만 확대한 사진이 또 있다.

 댓글들은 '크고 아름다움', '성희롱 신고', '누가 인간 복제 개발 좀 해라', '게이 확실히 아님. 연영과 이두나랑 사귄 지 몇 년 됨.' 등등…. 성희롱이나 말도 안 되는 루머들로 가득했다.

 어이가 없어 뒤 페이지로 넘긴 뒤 다시 게시판 글을 훑어보는데 가장 최근에 올라올 글이 눈에 띄었다.

 [치훈아… 기억나? 그날… 바다…]

 두근거리는 심장을 가라앉히려 몇 번의 심호흡을 한 뒤 클릭하니, 자신과 노아가 바닷가에서 함께 찍은 셀카가 올라와 있었다. 게시글은 심지어….

[난 다 기억나. 니가 나한테 했던 말들. 잊지 말고 지켜 줘. 우리 약속.]

치훈은 너무 놀라 핸드폰을 떨어뜨렸다. 어찌해야 할 바를 몰라 손을 덜덜 떨고 있는데, 적막 속에서 핸드폰이 울렸다.

늦은 밤, 치훈과 두나는 오래된 수영장을 찾았다.
두나가 프런트를 지키고 있는 관리자에게 무어라 이야기하고 뒤에 서 있는 치훈에게 눈을 찡긋거렸다. 관리자는 두나와 한참 이야기를 나누다 카드키를 건네주었다.
"되셨습니다. 이용 시간은 두 시간입니다."
"감사합니다. 가자!"
치훈은 별다른 말 없이 두나를 따라 이동했다.

치훈과 두나는 수영복으로 갈아입고 풀장 가까이 걸어갔다. 수영장은 어렸을 적에 많이 다녔던 곳으로 꽤 오래된 느낌을 풍기고 있었다.
"여긴 그대로네."
"다음 달에 리모델링한대."
"그렇구나. 그런데 갑자기 여긴 왜?"
치훈은 왜 갑자기 이곳에 오자고 했는지 이유를 물었다.

"그냥. 갑자기 어릴 때 생각나서. 나랑 너랑 노아랑. 우리 처음 만난 거 여기잖아. 초등학교 방과 후 활동 시간. 그 뒤로 고등학교 때까지 쭉 다녔는데 리모델링하기 전에 추억팔이 좀 해야지."

치훈이 피식 웃으며 수영장 한 곳을 가리켰다.

"난 초딩 때 너 생각하면 저기 서서 춤추던 것밖에 생각 안 나. 애들한테 가르쳐 준다고 막 그랬잖아."

"내가 나댔네. 근데 나 그때 춤 다 기억난다? 춰 볼까?"

두나는 그때 추었던 춤을 추며 느끼하게 다가갔고 치훈은 질색을 하며 싫은 표정으로 뒷걸음질 치다 물에 풍덩 빠졌다.

둘의 웃음소리가 오래된 수영장을 가득 채웠다.

물에 빠진 치훈은 내친김에 자유형으로 물살을 가르며 수영을 했다. 두나도 물에 들어가 유유자적 개구리헤엄으로 치훈의 뒤를 따랐다.

풀장 끝에 다다르고 수영장 끝에 걸터앉아 잠시 숨을 고르는데 두나가 치훈의 다리에 얼굴을 기대고 흔들리는 물결을 바라보았다. 잔잔한 물결과 조용한 공기가 마음을 편하게 했다.

"방금 게시판에 누가 노아인 척 글을 썼어."

"뭐라고?"

"같이 바다 가서 찍은 사진이 있거든. 우리 둘만 아는 추억인데 누가 그걸 올렸어. 노아가 어딘가에 살아 있는 것처럼…."

"어떻게 알았지?"

"몰라."

두나는 생각에 잠긴 듯 잠시 침묵했다.

"누굴까. 그 정도면 너네 사이를 깊이 아는 건데. 대자보 붙인 놈이랑 같은 놈 아니야?"

"모르겠어. 근데 난 그 사진이 거기 있는 게 싫어. 내가 졌어. 다 그만두고 싶어."

치훈은 답답하다는 듯 제 가슴을 몇 번 두드렸다.

"숨은 점점 막히는데 비명 한 마디 못 지르겠어. 내가 멈추고 싶다는데 다들 앞만 보래. 나는, 살아갈 이유 중 하나를 잃었는데 사람들은, 자꾸…."

"니 맘 모르는 거 아닌데 너 여기서 멈추면 안 돼."

"왜 안 돼?"

"니가 니 입으로 한 말 생각나게 해 줄까?"

그 말에 치훈은 의아해졌다. 제가 무슨 말을 했는지 기억이 나지 않은 탓이었다.

"처음에 선거캠프 시작할 때 학교를 뒤엎자며? 종교의 이름 아래 억압하고 탄압해 왔던 것들을 부숴 버리자며! 자기가 자기 뽕에 취해서 막 울먹이면서 어? 뭔 죽은 시인의 사회 주인공처럼 책상 위에 올라가서 그 지랄을 한 거 생각 안 나? 그 모습 때문에 노아도 억지로 학교 떠나면서 괜찮다고 했잖아."

"내가 그럴 자격이나 있을까? 내가…?"

"노아가 왜 그렇게 됐는데? 학교 책임도 컸잖아. 다시는 이런 일이 벌어지지 않게 조금이라도 바꿔보자는 게 우리 목적 아니야?"

치훈은 입을 꾹 다물었다. 일전에 제가 했던 말이 떠올랐다.

그때는 그럴 수 있을 것 같았다. 노아와 함께였으니까. 그런데 지금은….

"노아 인생 전체가 부정당해선 안 되잖아. 우리가 버텨서 우리가 막아야 하잖아."

두나는 치훈을 설득하려 노력했다. 그에게 용기를 주고 싶었다.

"그래서 내가 얻는 게 뭔데? 곧 있으면 부모님도 알게 될 텐데."
"진심이야? 니가 그만둘 수 있어?"
"멀리 도망이라도 갈까? 시간 지나면 좀 잠잠해지겠지?"
"치훈아, 정말 다 내려놓을래?"

한숨 섞인 두나의 말에 치훈은 당장 울음이라도 터트릴 것 같은 표정으로 무릎에 얼굴을 파묻었다.

"노아는 이 무게를 어떻게 혼자 다 감당했을까…."

노아는 고등학생 시절부터 동급생들에게 괴롭힘을 받아왔었다.

붉은빛이 도는 수영복을 입은 노아가 수영장에 들어서는 것을 본 아이들은 스트레칭을 하던 것을 멈추고 크게 소리쳤다.

"야! 이 호모 새끼! 빤스 꼬라지 보소… 오늘은 누구 꼬실라고?"

그 말에 다른 아이가 낄낄거리면서 한마디 보탰다.

"우리 셋 중 누가 니 취향이야?"

"으… 씨발 재밌냐 그게?"

"등신아. 저 새끼 취향이 뭔지 알아야 우리가 피해 가지."

세 명의 아이들은 노아의 앞까지 걸어와 셋 중 누가 취향이냐고 물으며 계속 고르라고 소리쳤다. 노아는 난감하여 아무 말도 못 하고 서있다 아이들에게 점점 밀려 물 안으로 풍덩 빠지고 말았다.

치훈은 멀리서 괴롭힘을 당하는 노아의 모습을 지켜만 보았다.

쾅!

아까 노아를 놀리던 아이 중 한 명이 노아를 캐비닛 안에 억지로 구겨 넣고 연신 발길질을 해 댔다. 발길질 몇 번에 노아의 코에서 피가 흐르기 시작했다. 노아는 코피로 범벅이 된 얼굴로 저를 향해 발길질하는 아이를 노려봤다.

소란스러운 소리에 놀란 치훈이 샤워를 하다 말고 달려왔고 그 뒤로 샤워를 다 마치지 않은 아이들도 달려 나와 그들의 싸움을 구경했다.

치훈은 당장 그들에게 달려가 다시 한번 발길질하려는 아이를 붙잡았다.

"야! 뭐 해! 애 피나잖아 말로 해."

"놔봐. 이 새끼는 좀 맞아야 돼."

그는 치훈의 팔을 뿌리치고 쭈그려 앉아 노아와 눈높이를 맞췄다.

"내가 쳐다보지 말랬지. 변태 새끼야."

노아는 비굴한 웃음을 지으며 부정했다.

"나 정말 안 봤어."

노아의 시선이 치훈에게 닿자 치훈은 순간 당황해 티 나게 고개를 돌리고 말았다. 노아의 눈에 눈물이 고였다. 그는 저를 둘러싸고 있는 아이들을 둘러보며 소리쳤다.

"진짜 안 봤어!!!"

몰려들었던 아이들은 노아를 외면하며 자리를 떴고 치훈과 노아를 때린 아이, 셋만 남게 되었다. 그런 상황에서도 치훈은 노아의 얼굴을 똑바로 바라볼 수 없었다.

"봤지? 쟤 너랑 제일 친한 애 아니냐? 앞으로 세상 밖으로 나오지도 말고, 숨도 쉬지 마. 같은 공간에 있다는 것도 토 쏠려."

그 말에 순간 화가 난 치훈이 그 아이의 몸 위로 올라타 주먹을 쥐었다. 주먹을 든 채로 내려칠까 말까 고민하는데 노아가 손목을 붙잡아 말렸다.

치훈은 화가 나 빠른 걸음으로 공원을 걸었다. 노아가 옆에 바짝 따라붙으며 치훈을 돌려세우려 했지만 치훈은 걸음을 멈추지 않았다. 화가 나서 씩씩대는 치훈과 달리 노아는 히죽히죽 웃고 있었다.

"놔! 따라오지마. 나 이제부터 너 없는 사람 취급할 거야."

노아는 그 말에도 웃으며 놀리듯 물었다.

"왜?"

"너 싫어."

"왜에~?"

장난스럽게 분위기를 풀어 보려는 노아의 모습에 더 화가 났다.

"꺼지라고!!"

"화났어? 왜 화났어?"

"왜 화났냐고? 넌 감정이 없냐? 지금 상황이 재밌어?"

"그러니까 내 말이. 왜 내가 화내야 하는 상황에 니가 화내는데?"

치훈은 그 말에 울컥, 감정이 올라왔다. 걸음을 멈추고 고개를 숙였다.

"내가 싫어. 내가 등신 같다고…."

맞은 편에 멈춘 노아의 얼굴을 바라보았다. 노아는 꼭 사랑스러운 연인을 바라보는 듯한 다정한 눈빛으로 자신을 보고 있었다.

"잘했어. 앞으로도 넌 내 문제에 끼어들지마. 계속 안 끼어들었으면 좋겠어. 니 마음 충분히 알아, 나…."

치훈은 노아에게 다가가 그를 꼭 안아 주었다. 그러곤 그 어깨에 얼굴을 묻고 눈물을 뚝뚝 흘렸다.

"싫다, 다 짜증 나."

"내가 괜찮아. 너까지 그럴 필요 없어."

* * *

치훈의 이야기를 들은 두나는 물 밖으로 나가 치훈의 어깨를 끌어안아 주었다.

"너, 그동안 어떻게 참았냐."

치훈은 당장에라도 무너질 것 같은 얼굴로 두나의 어깨에 기댔다.

"두나야. 나 노아가 너무 보고 싶어. 너무 보고 싶어…."

체대 수영장 테두리에 쳐진 경찰 가드레일이 사라졌다. 노아가 추락했던 자리를 표시해 둔 마스킹 테이프 또한 사라졌다. 누군가 현장을 깨끗이 청소하고 텅 비었던 수영장에도 물이 찼다.

치훈은 다이빙 점프대에 서서 물이 가득 채워진 수영장을 내려다보았다. 한동안 노아의 죽음으로 비어 있던 수영장이라 이곳에 올라와 선 것도 오랜만이었다. 한 발만 움직이면 바로 물속으로 들어갈 수 있었지만 점프대 끝에 서서 그저 제 발끝만 바라보았다.

한참을 그렇게 서 있기만 하자 뒤에 서 있던 코치가 한마디 했다.

"안 뛰어도 돼. 무리하지 마."

"아뇨. 뛸게요."

바로 뒤에 서서 순서를 기다리고 있던 후배들이 치훈을 보며 무어라 속삭였다. 그들의 속삭임을 정확히 알아들을 순 없었지만 항간에 떠도는 소문에 관한 것이리라.

치훈은 마음이 더 복잡해져 결국 뛰지 못했다.

＊＊

수연은 대학교 정문에 차를 대고 치훈을 기다리며 코치와 통화를 하고 있었다.

-아직 심적 부담이 큰 것 같습니다. 게다가 이런저런 스캔들 때문에 주변 의식도 많이 하는 것 같고요.

학교에서 무슨 일이 일어나고 있는지 모르는 수연은 스캔들이란 소리에 의아해졌다. 치훈도 제게 별다른 말을 하지 않았으니 짐작도 되지 않았다.

-스캔들이요?

-아, 아닙니다.

수화기 너머의 코치 목소리가 살짝 떨리는 게 느껴졌다. 심각한 일인가 싶어 되물으려는데 치훈이 손을 흔들며 차 쪽으로 다가오는 게 보였다.

-치훈이 오네요. 코치님, 제가 내일 다시 전화 드려도 될까요? 네, 다음번에 찾아뵐게요~

수연이 전화를 끊자마자 치훈이 차에 탔다.

"수고했어, 아들."

"응."

밤늦게까지 연습한 아들이 안쓰러웠던 수연은 수고했다는 말을 건넸지만, 치훈의 목소리와 안색이 조금 어두워 보여 걱정이 되었다.

"연습은 어땠어?"

"적응 기간이야. 앞으로 나아질 것 같아."

"연희동으로 바로 갈 건데. 괜찮겠어? 친척들 만나는 거."

"응."

"미안해, 할머니가 너무 보고 싶어 하셔서 엄마도 어떻게 할 수가 없었어."

"괜찮아. 어쨌든 한 번은 봐야지."

"그래."

수연은 여전히 걱정스러운 마음을 떨치지 못한 채 차를 출발시켰다.

약속장소에 거의 다다르자 수연은 백미러로 얼굴을 살폈다. 이제보니 입술 색이 다 빠져 있어 신호에 걸려 멈췄을 때 핸드백에서 립스틱을 꺼내 발랐다.

"엄마. 나 할 말 있는데…"

"할 말? 무슨 할 말?"

수연은 립스틱을 바르는 데 여념이 없었다. 대답을 하느라 입술 선을 살짝 벗어난 탓에 티슈를 달라며 손을 내밀었다.

"저기서 티슈 한 장만 줄래?"

치훈은 말문이 막혀 조용히 티슈를 건넸다. 수연은 화장을 고친 뒤 다시 차를 출발시켰다.

"아까 코치님이랑 통화했는데, 학교에 무슨 스캔들이 있었다던데 그게 뭐야? 너도 알아?"

 치훈은 수연의 물음에 놀랐다. 하지만 티를 낼 순 없기에 시치미를 떼며 최대한 여상하게 물었다.

"응? 무슨 스캔들?"
"급히 끊느라 더 얘기를 못 했네. 넌 몰라?"
"선거 치르느라 바빠서 시시콜콜한 건 잘 몰라."

 일단은 모른다고 대답했지만, 수연이 스캔들에 관해 알게 되었다는 사실만으로 긴장이 됐다. 치훈은 긴장감에 침을 꼴깍 삼키며 조심스레 물었다.

"근데 코치님이 다시 통화하자고 했어?"
"응, 내일 내가 전화한다고 끊었어."
"전화하지마."
"왜?"
"그냥 하지 말라면 하지마."

 치훈이 신경질적으로 대답하자 수연은 조금 당황하여 백미러로 치훈의 안색을 살폈다. 치훈은 제가 너무 과민하게 대답한 것 같아 한숨을 내쉬며 변명을 늘어놓았다.

"요즘 내 상태가 별로라 훈련에 집중이 안 돼. 이런 상태에서 엄마가 코치님이랑 이러쿵저러쿵 얘기하는 게 싫어. 나 스스로 괜찮아질 때까지 기다려 줘."
"그래, 알겠어."

 치훈은 그 말을 끝으로 창밖으로 시선을 돌렸고 수연은 마음이 아파 한숨을 내쉬었다.

* * *

 치훈은 친척들과 어울리지 못하고 식탁 위에 올려진 빈 접시만 멍하니 쳐다봤다. 치훈이 걱정된 수연이 어깨를 쓰다듬으며 괜찮냐 물었지만 치훈은 걱정 말라는 듯 약하게 웃으며 어깨를 으쓱해 보였다.

 갈빗집은 두 사람만 빼고 모두 즐거워 보였다.

 가운데에 자리한 할머니 주변으로 아주머님들과 형님들, 그 집 아이들이 앉아 있었다. 다들 형편이 꽤 좋은지 차림새가 깔끔했다.

 "아가! 치훈이 앞에 고기 좀 놔줘라! 애가 먹질 못하네."

 할머니의 큰 목소리에 치훈은 그제야 정신을 차릴 수 있었다.

 "으이구, 우리 보물 많이 먹어! 응?"

 할머니가 손을 뻗어 치훈의 볼을 약하게 꼬집었다. 만면에 웃음기가 가득한 게 정말 기뻐 보였다.

 "네…."

 "우리 집안에서 어찌 이런 보물이 다 나왔을꼬. 니들도 꼭 공부들 열심히 하고 치훈이 오빠처럼 돼라이?"

 손주들은 다들 떨떠름한 표정으로 작은 목소리로 알겠다고 대답했다.

 눈치를 보던 기태가 곧바로 술잔을 들어 올리며 외쳤다.

 "자! 이 대목에서 거국적으로다가 건배사 좀 하겠습니다."

자리에서 일어나기까지 하자 다들 엉거주춤 술잔을 들어 올린 채 기태의 건배사가 이어지길 기다렸다.

"큼큼, 집안의 경사 아니겠습니까? 우리나라 최고의 대학! 양지대! 또 그 양지대의 학생회장! 우리 진주 강씨 29대손 강치훈! 번창할 앞길을 위하여! 건배!!"

"건배!"

기태는 잔뜩 신이 나서 치훈과 잔을 부딪친 뒤 단번에 술잔을 넘겼다. 치훈도 제 아버지의 기분을 맞춰 주려 눈을 질끈 감고 쭉 들이켰다. 가족들 또한 한 모금씩 넘기고 축하한다는 말을 건넸다.

기태가 치훈의 등을 토닥이며 자랑스럽다는 듯 바라보았고, 치훈은 별다른 표정 없이 기태의 빈 잔을 채워 주었다.

오늘은 제52회 총학생회장 취임식이 있는 날이다. 소강당은 리허설 때문인지 이른 낮부터 사람들로 바글바글했다. 학생들이 일렬로 서서 박수를 치자 방송반 학생이 들고 있던 카메라를 내려놓고 외쳤다.

"오케이! 리허설은 여기까지 하고 당선자는 아직 연락 없어요?"

"지금 온답니다."

"총장님 오셨어요!"

선호는 러너들에게 다가가 조용히 물었다. 곧 취임식이 시작될 텐데 치훈이 도착하지 않은 탓이었다.

"아직이야?"

유빈은 계속해서 전화를 걸고 있지만 연락이 되지 않는다며 난감하게 대답했다.

"전화 계속 안 받아. 이젠 아예 꺼져 있어."

두나는 얼른 치훈에게 메시지를 보냈다.

[이 새끼야. 어딘데? 설마 나쁜 생각하는 거 아니지?]

"안 오는 거 아니겠지? 대비책 좀 생각해야 하는 거 아냐?"

선호는 안절부절못하며 계속해서 걱정스러운 말을 내뱉었다.

"주인공이 없는데 뭐 어떡하게."

"내가 대리로 받거나 뭐…."

"말이 되냐? "

많이 불안한지, 선호는 두나의 질문에 예민하게 반응해 큰 소리를 내고 말았다.

"말이 왜 안 돼? 회장 출타 때 대리 권한 대행이 난데?"

두나가 어이없다는 표정으로 발끈하는 선호를 바라보는데 총장님이 소강당으로 들어왔다. 러너들은 이러지도 저러지도 못하고 난감해 우왕좌왕했다.

"다음 스케줄이 있으니까 빨리 진행하지."

"네."

방송반 학생이 선호를 바라봤지만, 선호로선 할 수 있는 일이 없었다. 총장이 두리번거리며 치훈을 찾기 시작하자 마음에 급해졌다.

"잠시만요 많이 긴장했는지 화장실에….."

"어어, 그럴 수 있지."

"죄송합니다. 유빈아, 화장실 좀 가 볼래?"

유빈이 곧장 강당을 나섰는데 곧바로 다시 들어오며 큰소리로 외쳤다.

"왔습니다!"

치훈은 괴로움에 일그러진 표정을 지우듯 마른세수를 한 뒤 강당으로 들어섰다.

"늦어서 죄송합니다."

두나와 멤버들은 속이 부글부글 끓어 올랐지만 일단 온 것만으로 다행이라 생각하며 얼른 오라고 손짓했다.

박수 소리가 강당을 채우고 총장이 치훈에게 임명장을 전달했다. 치훈은 무표정으로 임명장을 받아 들고 정면을 향해 몸을 돌렸다. 무감한 눈으로 박수치는 사람들을 훑어보는데 맨 뒤에 서 있던 상목과 눈이 마주쳤다.

상목은 치훈과 눈을 마주치자마자 고개를 돌리며 급한 몸짓으로 자리를 떴고 치훈은 목사님이 왜 여기에 있나 잘못 본 건가 싶은 생각에 황당해졌다.

번쩍!

학생기자들은 플래시를 터트려 가며 임명장을 들고 있는 치훈의 사진을 찍어댔다.

"앞으로의 다짐, 어떻게 학생회를 운영해 나갈 것인지 당찬

포부의 인사 부탁드립니다."

진행자의 말에 마이크 앞으로 다가서며 사람들을 훑어보는데 공황장애 비슷한 느낌이 오기 시작했다. 숨쉬기가 어렵고 눈앞이 아득해지는 가운데 두나가 가까이 다가와 A4용지에 프린트한 연설문을 건네주며 긴장하지 말라는 듯 어깨를 가볍게 주물러 주었다.

"혹시나 해서 뽑았어. 침착하게 해, 침착하게."

치훈은 고개를 끄덕이며 A4용지에 적힌 연설문을 차분히 내려다봤다. 일각에서 휴대폰 카메라로 자신을 찍고 있는 고은을 발견하고, 일전에 교수실에서 나눴던 대화가 떠올랐다.

"단순 협박일 수도 있어. 아직 어떤 증거가 있는지도 모르잖아. 진짜 결정적인 걸 가지고 있으면 진작에 그걸로 널 뒤흔들었겠지. 그러니까 일단 넌 아무 걱정 말고 포기하지 마. 문제가 생기면 내가 최선을 다해서 막아 줄게."

치훈은 결심이 선 듯, 손에 쥔 연설문을 읽기 시작했다. 두나와 학생회 멤버들은 어깨동무를 한 채 치훈을 바라보았다.

"사랑하는 양지대 학우 여러분. 안녕하십니까? 제52회 총학생회장에 당선된 체육교육학과 3학년 강치훈입니다."

소강당에 함성과 박수가 터졌다.

* * *

수연은 접수대에 앉아 양지대 실시간 스트리밍으로 취임식을 흐뭇하게 보고 있었다.

-한 분 한 분 행사해 주신 표 잊지 않겠습니다. 저에게 기대하는 것들 또 바라는 것들 귀담아듣겠습니다. 초심 잃지 않겠습니다.

옆에서 영상을 힐끔 본 황 간호사가 치훈을 칭찬했다.

"화면발도 잘 받네~ 얼굴이 쬐그매서 그런가?"

"그래?"

수연은 내심 좋으면서도 아닌 척 되물었다. 시선은 여전히 화면에 고정된 채였다.

-정도에 어긋나지 않는 사람이 되겠습니다. 감사합니다.

"아유, 말도 이쁘게 잘하네."

수연은 영상이 끝나자 화면을 끄고 제 아들을 칭찬한 황 간호사에게 물었다.

"엄마 닮은 거 같아 아빠 닮은 거 같아?"

"눈코입은 아빠 닮았는데 그 풍기는 특유의 분위기는 엄마 닮은 거 같기도 하고…."

흐뭇하게 미소 지으며 이야기를 나누는데 환자가 들어와 접수대로 다가왔다.

"처음 오셨어요?"

"네."

"앞에 초진 기록부에 성함, 생년월일, 연락처 적어 주세요."

수연은 휴대폰을 내려놓고 컴퓨터 작업을 했다. 이때, 휴대폰이 진동하며 메시지를 띄웠다.

[<오늘의 성경> 너는 여자와 동침함 같이 남자와 침하지 말라. 이는 가증한 일이니라. -레위기 18:22]

* * *

정희는 노아의 추모를 위해 놓인 꽃과 양초들을 물끄러미 보다가 귀찮다는 듯 발로 밀어놓았다. 그리고 비밀번호를 누르고 정문을 활짝 열었다.

반주용 오르간 소리가 교회를 채우고 수연과 교회 신자들은 교회 로비에 모여 이야기를 나누고 있었다.

"그래도 일찍 기운을 내셔서 참 다행이에요. 내가 얼마나 기도했는지 몰라."

신도의 목소리에 수연이 안도의 한숨을 내쉬었다.

"강한 분이시잖아요. 다들 기다리는 거 아니까 힘을 내셨겠죠."

"우리 교회가 기도발이 세다잖아. 너도나도 집집마다 그렇게 기도를 했으니 부름에 답하신 거겠지."

수연은 슬며시 웃으며 저녁 예배를 하러 가자고 사람들을 이끌었다.

예배당에 모인 사람들이 오르간 반주에 맞춰 찬송가를 불렀다.

한창 찬송가를 부르는데 치훈이 들어와 조심스럽게 수연의 옆에 앉았다. 수연은 노래를 부르면서도 치훈에게 와 줘서 고맙다는 눈빛을 보냈다. 치훈도 수연을 따라 찬송가를 불렀다.

찬송이 끝나자 상목이 단상 위에 올라섰다.

"자살한 사람은… 천국에 가지 못한…다던데… 내 아들은 왜….'

상목은 힘겹게 말을 이어가다가도 목이 메는지 잠시 눈을 질끈 감았다.

"더욱이 나는 목회자입니다. 아들을 제대로 위로해 주지 못했다는 죄책감으로 하루하루 힘든 나날을 보냈습니다. 왜 목회자 가정에 자살 같은 일이 있을 수 있느냐. 그 말을 하는 것이 너무 두려워 이 자리에 설 수 없었습니다."

신자 몇몇이 손수건으로 눈물을 훔치며 울음소리를 냈다.

치훈은 상목의 연설을 듣다 얼마 전, 학생회장 임명식에서 그를 봤던 일이 떠올랐다. 그때의 상목은 자신과 눈이 마주치자마자 급히 자리를 떴고, 그 순간 상목에게서 메시지가 왔었다.

[이제 시작이야. 너도 똑같이 지옥 속에서 살아 봐.]

"애통하는 자는 복이 있나니 저희가 위로를 받을 것임이요. 의를 위하여 핍박을 받은 자는 복이 있나니 천국이 저희 것임이라."
"아멘."
"판단은 하느님이 하심이라. 우리는 그저 모든 일에 뜻이 있음을 받아들이나이다."

치훈은 갑자기 불안감에 휩싸여 로비로 나왔다. 두나에게 전화를 걸어 보았지만 짧은 신호 후, 전화가 꺼져 있다는 음성이 흘러나왔다.

이번엔 선호에게 전화를 걸어 보았다.

* * *

선호는 제 방에서 한 영상을 보고 있었다. 그 영상의 출처는 양지대 대나무숲 익명게시판이었다.

영상 속에선 퀴어 퍼레이트에 참가한 치훈과 노아가 레인보우기를 들고 행렬 사이를 걷고 있었다. 경쾌한 음악에 맞춰 춤도 추고 제자리에서 점프도 하고 즐거워 보였다. 퀴어 퍼레이드 반대 시위자 앞에 멈춰 서서 서로를 끌어안고 키스하는 퍼포먼스를 하기도 했다.

선호는 책상에 머리를 박은 채 절망했다. 그 순간, 치훈에게 전화가 왔다.

"치훈아. 끝났어. 끝났다고…."

치훈은 선호의 이야기를 듣고 대나무숲 게시판을 뒤져 보았다. 그가 말한 영상을 보고 충격에 입을 다물 수가 없었다. 도대체 이 영상이 어떻게 이곳에 올라올 수가 있나 싶었다. 도대체 누가 어떤 억하심정이 있길래 이런 짓을 벌이는 건지 모르겠다.

그때, 한참 동안 돌아오지 않는 치훈이 걱정된 수연이 로비로 나왔다.
"치훈아, 왜 안 들어와? 무슨 일 있어?"
 수연의 목소리에 치훈은 고개를 들었다. 그의 눈이 텅 비어 있었다.
"왜 그래…!"
 처음 보는 표정에 놀란 수연이 치훈에게 다가가려는데 치훈은 당장에라도 울 것 같은 표정으로 고개를 숙이더니 교회 밖으로 뛰어나갔다.
"치훈아! 왜! 무슨 일이야!"
 치훈을 따라 달렸지만 그를 따라잡을 순 없었다. 치훈은 어디로 가는지도 모르게 빠르게 사라져 갔다.
"치훈아!! 강치훈!!"
 치훈의 뒷모습을 허망하게 바라보던 수연은 다시 교회 예배당으로 들어와 주기도문을 외웠다. 한창 기도에 빠져 있는데 수연의 핸드폰이 크게 울렸다. 수연은 미안함을 전하며 얼른 핸드폰을 확인해 보았는데….

 무슨 정신으로 집까지 왔는지 모르겠다. 멍하니 엘리베이터의 숫자를 바라보다 위태위태한 걸음으로 복도를 걸어 집 앞에 섰다. 덜덜 떨리는 손으로 비밀번호를 누르고 집 안으로 들어서자 소파에 앉아 있던 기태가 자리에서 일어나 수연을 맞이했다. 그의 얼굴 또한 걱정이 가득한 상태였다.

"수연아…."

수연은 기태와 함께 그 영상을 봤다. 무표정으로 끝까지 다 본 수연은 입술을 꾹 깨물었다. 무슨 말을 해야 할지 모르겠다. 영상 속에 나오는 사람이 제 아들이라는 게 믿기지 않았다.

한참을 생각하다 어렵게 아주 어렵게 입술을 열었다.

"쟤는 우리 치훈이 아니야."

* * *

그 시각, 고은도 대나무숲 게시판에 올라온 게시글을 막 본 상황이었다.

-전화기가 꺼져 있어 소리샘으로 연결됩니다.

치훈에게 전화를 걸었지만, 역시나 전화를 받지 않았다. 모니터엔 치훈과 노아의 영상이 재생되고 있었다.

고은은 잠시 생각하다 두나에게 전화를 걸었다. 하지만, 무슨 일인지 두나의 핸드폰도 꺼져 있었다.

고은은 불안함에 잡히지도 않는 일을 붙잡고 있으니 차라리 밖으로 나가기로 했다. 찾다 보면 어딘가에 있겠지.

또다시 세상에 상처받은 영혼을 허망하게 보내는 일은 만들지 않으리라 다짐했었다. 치훈이만큼은… 반드시 지켜야 했다.

고은은 그게 노아에 대한 예의라고 생각했다.

* * *

 안개가 자욱하게 깔린 새벽. 아직 동이 트려면 멀었다는 것을 증명하듯 하늘은 여전히 어둑어둑하다. 새벽의 골목길을 밝히는 건 몇 되지 않는 가로등뿐이었다.
 치훈은 밤새 뛰고 걷기를 반복하였다. 제 마음을 제 상황을 어찌해야 할지 모른 탓이었다. 깊은 고민에 빠진 듯 축 처진 몸으로 걷다 벤치에 털썩 주저앉았다.
 –소리샘으로 연결됩니다. 연결된 후에는….
 "두나야…. 자는 시간에 미안…. 일어나면 연락 좀 줘."

* * *

 어느 호텔 방. 술에 잔뜩 취한 환희가 침대에 널브러져 자고 있었다. 코 고는 소리가 방을 울리는 가운데 침대 옆 탁자 위에 놓인 두나의 휴대폰이 울렸다. 아까 환희가 집어던진 탓에 액정이 전부 다 깨져 버린 상태였다.
 두나는 팔다리가 스타킹으로 꽁꽁 묶인 채로 방 한구석에 불편하게 누워 있었다. 제 손과 발을 묶고 있는 스타킹을 풀어 보고자 몸을 꿈틀대 보았지만 풀릴 생각을 하지 않는다. 두나는 시간이 지날수록 점점 지쳐 갔다.
 "그렇게 해서 되겠어?"
 갑자기 들린 목소리에 깜짝 놀라 고개를 들어 보니, 환희가 침대에 걸터앉아 있었다. 손발을 푸는 데 집중하다 보니 환희가 깨어난 지도 몰랐다.

환희는 두나를 바라보며 담배에 불을 붙였다.

"야, 이제 풀어줘. 더하면 범죄야."

두나는 지친 목소리로 비굴하게 웃어 보이며 겨우겨우 말을 꺼냈다. 하지만 환희는 담배 연기를 내뿜으며 어이없다는 듯 웃었다.

"범죄? 어이구, 무서워. 경찰청장이랑 울 아부지, 베프야."

그러곤 놀리는 듯 손 경례를 해 보이며 경찰이랑 대화하는 시늉을 해 보였다.

"불철주야 노고가 많으십니다~ 제 여자친구가 약간 이런 취향이거든요~"

"장난하지 말고."

"누가 그러던데? 너 묶이는 거 좋아한다고. 혹시, 지금 흥분한 건 아니지?"

두나는 어이가 없었다. 도대체 누가 저런 소리를 지껄이고 다니는지. 아무리 제 소문이 좋지 않다 해도 저런 이야기는 선을 넘은 것 같았다. 그래서 저도 모르게 말이 날카롭게 나갔다.

"누가 그래?"

"어쨌든, 넌 여기서 못 나가."

"일단 실종신고부터 들어가지 않을까? 전과자 되면 취업 다 막히는 거 모르는 건 아니지?"

"설마, 나 걱정해 주는 거야? 아니 눈물이 다 나네."

환희는 두나가 아무리 날카롭게 말해도 여유로움을 잃지 않았다. 그러면서 담뱃재가 길어져 재떨이를 찾으려는 듯 고개를 두리번거렸다.

"아, 무슨 호텔에 재떨이가 없냐. 요즘은 죄다 금연이야."

환희의 얼굴이 잔뜩 일그러지자 두나는 두려워졌다. 동우의 말이 떠오른 탓이었다.

"혀 내밀어 봐."

혀를 내밀라는 이유를 알 수 없어 당황하던 것도 잠시, 환희가 들고 있는 담배꽁초가 얼굴 가까이 다가오자 두나는 경악스러운 얼굴이 되었다.

"싫으면 얼굴에 지져도 돼? 궁금하다. 그 예쁜 얼굴이 어떻게 망가지는지."

* * *

어제저녁에 올라온 게시물 때문에 고은 또한 마음이 불편했다. 일전에 치훈이 부모님과 어떻게 풀어나가야 하는지에 관한 고민을 털어놓은 탓이었다.

그 동영상이 여기저기로 퍼져나갔으니 치훈의 부모님도 봤을 게 분명했다.

고은은 도롯가에 잠시 차를 멈추고 치훈이네 집을 올려다보았다. 이른 새벽임에도 불이 켜진 집이 몇몇 있었다.

고은은 핸들에 이마를 대고 자신이 어떻게 해야 좋을지 고민에 빠졌다.

* * *

 치훈은 목적지도 없이 계속해서 걸었다. 그러다 한강대교에까지 도달해 무작정 한강 다리를 걸었다. 혼란스러운 마음에 이른 새벽의 도시를 울리는 소음도 뭉개지듯 들려왔다.
 어느새 다리의 중간지점까지 왔다. 잠시 걸음을 멈추고 어둠에 반짝이는 한강 물을 바라보는데 강물 위로 피어오른 회색빛 안개 사이로 문득 환상이 보였다.

 다리 난간 끝에 다이빙대가 보였다. 그 끝에 아슬아슬하게 걸쳐 서 있는 노아까지도. 아래를 내려보니 시커멓게 굽이치는 한강 물이 보였다. 위태롭게 서 있던 노아는 잠시 뒤를 돌아 치훈을 바라보더니 눈을 감고 숨을 고르며 당장에라도 뛰어들 듯이 도움닫기를 했다.

 노아를 잡으려 손을 뻗으려던 때 차가운 강바람에 정신이 들었다. 정신을 차려보니 제 몸이 난간 밖으로 반쯤 내밀어져 있었다. 금방이라도 떨어질 것처럼 위태롭던 그때 유일하게 땅에 닿아 있던 한쪽 발마저 떨어지려는데…!

* * *

 시계가 7시를 가리키자마자 알람에 맞춰 티브이가 켜지고 한

강에 투신자살을 했다는 속보 뉴스가 울렸다. 티브이 소리에 잠에서 깬 기태가 거실로 나오자 거실 한쪽에 놓인 작은 예수상 앞에 무릎을 꿇고 앉은 수연의 모습이 보였다.

수연은 간절히 애원하듯 두 손을 모아 꽉 쥐고 있었고 미간엔 깊은 주름이 패 있었다.

"안 잤어?"

수연은 눈을 뜨고 어떻게 잠이 오냐는 듯한 눈빛을 보내며 작게 한숨을 쉬고 다시 눈을 감았다.

"애는?"

"아직."

기태는 마른세수를 하며 한숨을 푹 내쉬었다.

"섣불리 판단하지 말자. 애한테 직접 들은 이야기도 아니잖아."

"나도 그렇게 생각하고는 싶은데."

수연이 미간을 팍 찌푸린 채 이야기를 이어 가려는데 현관문 초인종 소리가 들렸다. 이렇게 이른 아침에 찾아올 이가 누구인지 모르겠다. 치훈이었다면 비밀번호를 치고 들어올 텐데.

기태가 발걸음을 옮겨 현관 인터폰을 켜며 물었다.

"누구세요?"

-저는 양지대 사회학과 교수 선고은이라고 합니다.

자신을 양지대 교수라고 소개하는 목소리에 수연 또한 자리에서 일어났다.

"무슨 일이시죠?"

-강치훈 학생… 연락이 안 돼서 그런데… 혹시 집에 있나요?

"무슨 일이신지 먼저 말씀 좀….."

수연은 순간 겁이 나 방문 목적을 물었지만, 인터폰 너머에선 침묵만 이어졌다.

-다름이 아니라…. 그러니까, 어머님이시죠?

"그런데요?"

-죄송합니다. 다음에 다시 찾아올게요.

고은은 그 말을 끝으로 황급히 돌아 엘리베이터 버튼을 눌렀다. 곧 등 뒤에서 현관문이 열리고 수연의 목소리가 들렸다.

"…들어오세요."

***

수연과 기태의 맞은편에 앉은 고은. 그들 사이에서는 침묵이 흘렀다. 고은은 둘의 눈치를 보며 괜히 왔다 싶어 눈만 굴리고 있었는데 수연이 침묵을 깨고 말문을 열었다.

"우리 치훈이한테 무슨 일이 일어나고 있는지 최대한 자세하게 설명해 주실 수 있을까요? 얼마 전부터 주변 사람들이 나만 빼고 비밀을 공유하는 듯한 기분이 들긴 했어요."

기태가 놀란 듯 수연의 손을 꽉 잡아 주었다. 그러곤 고은을 똑바로 바라보며 대답을 기다렸다. 둘의 시선을 마주한 고은은 쉽사리 입을 뗄 수 없었다.

"학교 윤리위원회 고문으로서 업무를 위해 급하게 면담이 필요해서 왔을 뿐이구요. 죄송하지만 학교에서 일어나는 상황이

나 치훈 학생에게 일어나는 일들은 개인의 프라이버시이기 때문에 함부로 말씀드릴 수는 없습니다."

다소 딱딱하게 이어지는 고은의 말을 들은 수연은 조금 황당하면서도 더 답답해졌다.

"함부로라뇨? 제 자식인데."

"일단 치훈이가 먼저 연락을 해 올 때까진…."

답답함을 느낀 수연은 자리에서 벌떡 일어나 베란다로 향했다. 기태가 그 뒤를 따르려다 자리에 앉았고 고은이 수연의 뒤를 따랐다.

수연은 베란다 구석에 놓인 커다란 화분 밑에 숨겨 두었던 담뱃값을 꺼냈다. 새로 산 지 얼마 되지 않아 포장지가 빳빳했다.

담배 한 대를 꺼내 입에 물고 불을 붙이려는데 라이터가 계속 헛돌았다. 몇 번에 시도 끝에 겨우 불을 붙이고 천장을 보며 한숨을 내쉬었다.

"저도 한 대 피울 수 있을까요?"

고은의 목소리에 수연이 말없이 담배 한 개비를 건넸다. 고은 또한 불을 잘 붙이지 못해 수연이 다가가 불을 붙여 주었다.

둘은 나란히 서서 담배 연기를 내뿜어냈다. 창밖으로 보이는 앙상한 나무들이 쓸쓸해 보였다. 밤새 불안하고 괴롭기만 했던 수연의 마음도 점차 차분히 가라앉았다.

"교수님께선 어떻게 될 것 같으세요?"

"네?"

"학교요. 윤리위원회 고문이시면 대충 어떻게 될지 그림은 그려지실 거 아니에요."

"솔직히 학장이나 이사회나 앞뒤 사고 꽉 막힌 양반들이라 제 나름대로 최선을 다해 막아 볼 생각이긴 합니다."

"막아 본다…. 그게 막는다고 막아질까요. 지금이라도 이 모든 게 가짜라고 하는 게 낫겠네요."

"게시판은 폐쇄됐어요. 지금이라도 치훈 군이 나타나 사태 수습을 하면…."

그 말을 끝으로 잠시 침묵이 이어졌다. 둘은 아무 말 없이 담배만 태우는데 돌연 수연이 눈물을 흘리기 시작했다.

"흑… 사실 내가 본 게 뭔지 전 아직도 모르겠어요. 교수님은… 이해가 되세요?"

"믿고 싶지 않으시겠지만 사랑의 한 형태라고 이해해 주시면…."

"사랑…."

"전 오랜 시간 성 소수자들의 인권운동을 도왔어요. 특히 의지할 곳 없는 어린 친구들이 방황하지 않도록 최선책을 찾…."

"성, 소수자…요."

고은은 더 말을 이을 수 없었다. 수연이 이 상황을 받아들일 준비가 되지 않은 것처럼 보였기 때문이었다.

"우리 애가 정말 그렇단 증거 있어요? 교수님이라면서요. 어떻게 그렇게 냉정하게 정의 내릴 수 있을까."

한숨이 가득 담긴 수연의 말에 고은은 고개를 돌려 수연의 시선을 피했다.

"결혼 안 하셨죠? 아이 없죠?"

"그게 무슨 상관이…."

수연은 냉소적으로 웃었다. 자식이 없는 사람이 어떻게 제 부모의 마음을 이해할 수 있을까 하는 생각이 들었다. 그러니 저렇게 냉정하게 이야기할 수 있는 거겠지.

"그러니 뭘 알겠어."

"어머님. 최악의 경우 치훈이가 가족들을 떠날 수도 있어요. 치훈이가 나쁜 선택을 하지 않도록 가족 간에 고통스러운 시간을 조금이라도 줄이시는 게 나을 거예요. 일단 치훈이부터 찾고 그 후엔 더 상처받지 않게…."

"그렇게 이론만 들이대면 세상에 해결 못 할 일이 없죠."

"지금 치훈이에겐 그 무엇보다 가족의 이해와 도움이 절실하다는 걸 말씀드리는 거예요."

"교수님 의견 잘 들었어요."

수연은 더 이상 고은의 말을 듣고 싶지 않았다. 담배꽁초를 화분에 꽂아 넣으며 말을 이었다.

"아침부터 찾아오셔서 의견 주신 건 고맙지만 내 자식이니까 내가 알아서 할게요. 이만 가 보세요."

* * *

이른 아침, 예배당엔 잔잔한 오르간 반주가 흐르고 있었다. 수연은 눈을 꼭 감고 두 손을 모은 채 간절히 기도를 드리고 있었다. 상목은 강대상에 서서 수연을 내려다보고 있었다.

예배가 끝난 뒤 사람들이 예배당을 빠져갔다. 코끝이 빨간 수연은 손수건으로 눈가를 닦으며 주변 눈치를 보았다. 잠시 그렇게 마음을 진정시키다 자리에서 일어나려는데 저를 빤히 쳐다보고 있던 서 목사 내외와 눈이 마주쳤다.

수연은 순간 무언가 싸한 느낌을 받았다. 의아한 마음에 그들에게서 시선을 떼지 못하는데, 상목이 정희에게 귓속말을 하는 게 보였다. 그러자 정희가 고개를 끄덕이며 다시 수연을 바라보았다.

수연은 무언가에 홀린 듯 서 목사 내외에게 발걸음을 옮겼다. 그런데 상목이 황급히 자리를 뜨는 게 아닌가. 자신에게 할 말이 있는 것처럼 보였는데. 정희는 수연이 제게 다가오건 말건 자신이 언제 바라보았냐는 듯 시치미를 뚝 떼고 강대상 주변을 정리하고 있었다.

"사모님. 사모님은 알고 계셨던 거죠?"

그 말에 정희가 깜짝 놀라 행동을 멈췄다. 수연은 다급히 다가가 정희의 팔을 붙잡고 애원하듯 물었다.

"왜, 그때 병원에서 마주쳤을 때 그러셨잖아요. 곧 알게 될 거라면서요."

정희는 가볍게 한숨을 내쉬며 수연의 손을 꼭 붙잡았다.

"우리, 조용한 데 가서 얘기 좀 할까요?"

두 사람은 평소와 다를 바 없이 사무실에 앉아 차 한잔을 앞에 두고 대화를 나누었다.

"아직도 또렷하게 기억나요. 여름 성경학교가 끝나고 다음 날이었던가…."

정희는 수연의 눈치를 살피며 말을 이어 갔다.

"식사하다 말고 대뜸 그러는 거예요. 자기가 남자를 좋아하는 것 같다고. 그때가 중학교 1학년이었어요. 부모가 어떤 반응을 보일지 상상도 못 할 철없는 나이에 기침처럼 툭, 뱉은 말인 거죠."

"사모님은 그때 어떠셨어요?"

"가슴에 총 맞은 것 같았죠. 내가 꿈꾸나 싶고. 왜 하필 지금 이런 얘기를 하는 건가. 다 내 탓인 거 같고. 뭐 어디서부터 잘못된 건지 자꾸 찾으려 하고. 지옥이 딱 이렇겠구나 싶었는데 방법은 있더라구요."

수연은 답답하고 슬픈 마음에 입을 다문 채 성희의 말을 듣다 '방법이 있다'는 말에 화들짝 놀랐다.

"방법이 있다구요? 뭐예요, 그게?"

정희는 제가 말실수를 한 것을 깨닫고 아차 싶었다.

"아니, 그게 아니라. 내가 말실수했어요. 그러니까, 치훈 엄마는… 방법을 찾으셨…."

"방금 방법이 있다고 말씀하셨잖아요."

수연의 상체가 정희에게 한껏 기울어 있었다. 하지만 정희는 수연의 시선을 피할 뿐이었다.

"저도 지금 지옥이에요 사모님. 숨기지 말고 얘기라도 해 주세요."

정희는 잠시 고민하는 듯하더니 마지못한 표정으로 일어나 책장 사이에서 브로슈어를 하나 꺼내 수연에게 건네주었다.

"우리 애는 이미 전환 치료로 거듭났었어요."

"전환 치료요?"

처음 들어보는 말에 수연은 고개를 기울이며 브로슈어를 펼쳐 보았다. 브로슈어에는 인자하게 웃고 있는 연강기도원 목사 '김남철'이 여러 사람 가운데에 서 있는 사진이 찍혀 있었다. 사진 아래에 적힌 설명을 보니 김남철을 제외한 이 모두가 동성애자라는 것 같았다.

"기도원에 간 지 한 달 만에 돌아와서 그러더라구요. 엄마, 나 이제 다 치료됐어요. 다신 안 그럴게."

* * *

고은은 소회의실에 들어서자마자 책상 위로 양지대학 신문을 던지듯 내려놓았다. 신문 1면에 타이틀이 큼지막하게 인쇄되어 있었다.

[시대를 규탄한다 : 양지대는 동성애자를 학생회장으로 받아들일 준비가 되어 있는가?]

고은을 포함해 네 명의 교수가 긴 책상에 마주 앉았다. 타이틀을 보던 김 교수가 말문을 열었다.

"위에서 내려오는 명령을 뭐 어떻게 해? 답은 이미 정해져 있고 피는 우리 손에 묻히라는데."

조 교수 역시 답답한 건 마찬가지였다.

"그러게. 지난번에 논란 터졌을 때 그냥 커트할 걸 그랬어. 괜히 놔뒀다가 곪아 터진 거 아니냐고."

고은은 두 교수의 말에 화가 났다. 배울 만큼 배운 교수들이 이렇게 꽉 막혀서야.

"일단 전 서명 못 합니다. 사회학과 교수가 동성애를 반대한다? 학교 입장에선 가성비 최고인 선동 도구겠지만, 곧 언론도 냄새 맡을 거예요. 무슨 비난을 들으려고 서명을 하겠습니까?"

교수들이 당황하여 입을 다물지 못하는데 강 교수가 나서서 협박 아닌 협박성 말을 내뱉었다.

"곧 재임용심사 있는데, 괜찮겠어?"

고은은 자리에서 일어나 가볍게 묵례를 했다.

"대한민국에 학교가 뭐 여기뿐인가요? 먼저 가 볼게요. 수업 있어서."

* * *

학교 정문에 학생들이 모여 있었다. 그들은 마이크 앞에 서서 릴레이 발언을 하고 있었고 학생기자는 지나가는 학우들을 붙잡고 인터뷰를 하고 있었다.

"하여, 우리 신학부 학우들은 기독교 정신에 어긋난다고 생각하며, 총학생회장 강치훈을 학생회장직에서 스스로 퇴진하도록 권유하는 바입니다."

그 말이 끝나자 다른 학생이 마이크를 빼앗았다.

"종교를 앞세워 성 소수자에 대해 노골적인 집단폭력을 행하는 기독교계의 행태가 부끄럽지 않으십니까? 개독교라는 오명은 벗어야 하지 않겠습니까? 진정한 인류애를 생각하는 기독교인이라면 이러한 폭력은 당장 멈추어야 합니다."

모자를 푹 눌러 쓴 치훈이 걸음을 멈추고 그들의 발언을 듣고 있었다.

치훈은 늦은 밤이 되도록 집에 가지 않고 만화카페 구석 자리에 앉아 멍하니 벽만 바라보고 있었다. 그 옆에는 읽지도 않을 만화책들이 잔뜩 쌓여 있었고, 시켜 먹은 음식이 탁자 위에 아무렇게나 놓여 있었다.

그렇게 한참을 멍하니 있다가 문득 휴대폰을 꺼내 전원을 켰다. 화면에 불이 들어오자마자 문자폭탄이 우르르 쏟아졌.

[선호 : 이렇게 끝낼 거냐? 고발자 찾아내서 참교육 시전이라도 하자.]
[선호 : 읽씹이냐?]
[선호 : 그래, 니 인생 니가 뚝딱 말아먹겠다는데 어떻게 말리냐. 그동안 즐거웠고 다시는 보지 말자.]

잔뜩 쌓여 있는 문자들을 무표정으로 확인하는데, 유빈에게

서 전화가 왔다.

-치훈 선배.

-…응.

-어디예요?

-집 근처.

-집 안 들어가요? 오늘 거기서 자게?

유빈은 걱정이 가득 담긴 목소리로 치훈의 안부를 물었다. 치훈은 집에 안 들어가냐는 말에 가슴이 꽉 막힌 것처럼 답답해졌다.

-모르겠어.

-차라리 동아리방에서 잘래요?

-거기라고 맘 편하겠냐.

-선배. 정면 돌파는 해 봤어요?

치훈은 유빈의 말을 들은 후 깊은 생각에 빠졌다. 언제까지 이렇게 회피할 수만은 없을 것이다. 언제가 됐든 정면 돌파는 피할 수 없는 일이었다.

치훈은 유빈의 말로 인해 고민에 잠긴 채 집으로 돌아갔다. 현관문을 열고 들어가니 수연과 기태가 걱정이 한가득 담긴 얼굴로 치훈을 반겨 주었다. 치훈이 성큼성큼 들어가 부모 앞에 서서 무언가 결심한 듯한 눈빛을 보냈다.

셋은 거실 테이블에 마주 앉아 커피잔만 만지작대고 있었다. 수연은 커피잔을 쥔 손이 미세하게 떨리는 것을 느끼고 얼른 잔을 내려놓았다.

침묵이 오래도록 거실을 채웠다. 누가 무슨 말을 꺼내야 할지 몰라 불편한 침묵만 이어지다, 기태가 말문을 열었다.

"엄마 아빠는 옛날 사람들이잖아. 요즘 애들이 어떻게 노는지는 우리와 많이 다를 수도 있다고 생각해."

치훈이 고개를 들어 수연을 바라보았다. 수연은 제발 아니길 바라는 듯 간절한 눈빛을 보냈다.

"아빠는 네가 평소에 인권 문제, 사회문제 그런 데에 관심이 많으니까 직접 현장에 갔다가 어린 마음에 들떠서 그때의 넌 가치관이 아직 미성숙할 때거든? 분위기에 휩쓸렸을 수도 있고."

치훈은 여전히 자신을 아이 취급하는 기태의 말에 고개를 푹 숙였다.

"아니에요. 그런 거."

작게 흘러나온 치훈의 목소리에 기태가 차분히 말하려 노력하며 설명을 요구했다.

"그럼 우리한테 설명을 해 봐. 어디서부터 어떻게 됐는지 차근차근."

또다시 불편한 침묵이 이어졌다. 이번에 침묵을 깬 건 수연이었다.

"너, 정말 동성애자야? 그러니?"

수연의 날카로운 목소리에도 치훈은 여전히 묵묵부답이었다.

"왜 말을 못 해? 기면 기다 아니면 아니다 뭐라고 좀 해 봐!"

결국 큰 소리가 나고 말자 치훈은 입을 꾹 다문 채 고개를 작게 끄덕였다.

"왜 그동안 우릴 속였니?"

치훈은 수연의 눈을 똑바로 마주했다. 속이다니. 제 정체성이 어떠하든 그게 속이는 일이 되는 건가 싶어 말문이 막혔다. 입만 벙긋거리는 사이 수연이 기가 막힌다는 표정으로 이마를 짚으며 소리쳤다.

"넌 우릴 기만한 거야! 그동안 내가 널 어떻게 키웠는데!!"

수연의 목소리가 격양되자 기태가 수연의 무릎에 손을 올려 진정하라 달랬다. 드디어 치훈의 입이 열렸다.

"기만한 거 아니야."

"기만이 아니고 뭐야? 반항심이야? 대체 뭐 때문에 그러는데! 왜?! 어떻게 이렇게 느닷없이 엉뚱한 짓을 할 수가 있어? 어? 왜 그랬어? 말 좀 해 봐! 좀!!"

"나도 아무 준비 없이 벌어진 일이잖아. 어떻게 수습해야 할지 모르겠어. 뭐라고 얘기해야 할지…."

수연은 제멋대로 흐르는 눈물을 슥슥 닦으며 냉정히 말을 이었다.

"엄만… 도저히 못 믿겠어. 이해도 안 되고 내가 왜 이해해야 하지, 싶어. 아니면 그냥 잠시 일탈? 그래. 일탈 같은 걸지도 몰라. 그동안 스트레스 많았니? 엄마가 너무 무관심했다 그동안. 이제부터라도 신경 쓰면 정상적으로 돌아올 거야."

"엄마가 신경 쓴다고 해서 해결되는 건 아니야."

수연의 울먹거리는 목소리에도 치훈은 단호하기만 했다. 그 모습에 화가 치밀어 오른 수연은 집 안이 울릴 정도로 크게 소리쳤다.

"그럼 뭔데!! 뭐가 그리 대단한 거라고 부모한테 상처 주면서까지 꼭 해야 하는 건데!"

치훈은 집으로 오는 내내 정면 돌파하기로 마음을 먹었고, 제 마음을 표현했다. 그런데 이렇게까지 자신을 이해해 주지 못할 거라고는 생각하지 못했다. 그 생각에 미치자 눈물이 고였다.

"내가 하고 싶어서 하는 게 아니라! 난 그냥 이렇게 태어난 거야."

"넌 지금 네가 그런 게 나한테 문제가 있다고 하는 거니?"

"그게 아니라…!"

"그런 말 하지도 마! 그렇게 태어나는 게 어디 있어!"

수연은 울먹이는 치훈을 멍하니 바라보다 다시금 마음을 다잡고 냉정히 말했다.

"안 돼. 세상에 대체 너처럼 똑똑한 애가 세상을 모르는 것도 아니고. 어떻게 살아가려고 그래? 손가락질 받으면서 살래? 지금이라도 늦지 않았으니까 학교에도 아니라고 해. 응?"

"어떻게 그래…."

치훈은 두 손을 모아 쥔 채 호소하듯 말을 이었다.

"엄마, 그 모습도 나야. 그게 진짜 나라고."

짝-

치훈의 고개가 돌아갔다. 분을 이기지 못한 수연이 치훈의 뺨을 내려친 것이었다. 날카로운 타격음에 그 자리의 모두가 굳었고 치훈의 얼굴엔 절망이 가득해 보였다.

수연은 덜덜 떨리는 제 손을 억지로 붙잡으며 단호히 말했다.

"정신 차려. 학생회장? 국가대표? 이렇게 무너뜨릴 일이야? 그게 진짜 너야! 여지껏 쌓아 온 커리어를 이렇게 한순간에 무너뜨릴 일이냐고. 넌 대체 무슨 생각으로…."

"…엄마."

치훈의 뺨이 벌겋게 부어오르기 시작했다.

"니가 남자를 좋아하든 말든 그래. 성인이니까. 호적 파서 나가 살아. 하고 싶은 대로 하면서 살아. 그런데 지금은 아니야. 넌 부모 생각은 눈곱만큼도 안 해?"

치훈은 눈물을 매단 채로 수연을 바라봤다.

"고집부리지마. 너 하나 때문에 모두 망가지는 꼴 보기 싫으면. 당장 가서 모든 건 한때 방황이었다고 해명해."

수연은 미리 챙겨 두었던 연강기도원 브로슈어를 내밀었다.

"읽어 봐. 네가 긍정적으로 생각했으면 좋겠어."

그 말을 끝으로 수연은 자리를 떠 안방으로 들어갔다. 기태는 브로슈어 표지를 보며 멍하니 앉아 있는 치훈의 어깨를 토닥여 주었다.

* * *

치훈은 강의에 영 집중할 수 없었다. 어젯밤, 수연에게서 받은 브로슈어 때문이었다. 브로슈어에는 연강기도원 내부 시설들 사진이 가득이었다.

고시원 같은 방에 놓인 이층침대와 목사님의 온화한 미소.

'새 사람으로 거듭나기 위한 믿음의 반석'이라는 글귀를 보자 무언가 불길한 느낌이 들었다.

"자, 기말고사 다들 잘 보고. 이제 내년에 보겠구나. 방학 때 게임만 하지 말고, 의미 있게들 보내. 알았냐?"

"네!!"

어느새 수업이 끝났다. 책상 위에 놓인 물건들을 정리하려는데 치훈의 휴대폰이 울렸다.

한동안 연락이 되지 않던 두나였다.

치훈은 두나의 연락을 받자마자 학교 복도를 내달렸다. 그러다 쓰레기통 앞에 멈춰 섰다. 잠시 고민하던 그는 가방에서 브로슈어를 꺼내 쓰레기통에 처박았다. 두 번 다신 보고 싶지 않았다.

치훈이 편의점에 도착하자 두나는 눈물 바람으로 달려 나와 치훈에게 안겼다. 다행히 편의점 알바생의 배려로 편의점 안에 딸린 사무실에서 자신을 기다린 것 같았다. 무슨 일이 있었는지 상황을 묻고 싶었지만, 일단 두나를 달래는 게 우선인 듯해 꽉 안아 조심스럽게 토닥여 주었다.

치훈은 두나의 가운 위에 제 옷을 걸쳐 준 뒤 두나의 집으로 향했다. 두나는 침대에 누운 채 멀뚱멀뚱 천장만 바라보고 있었다. 제가 겪은 일이 믿기지 않는 표정이었다. 그러다 눈꼬리를 타고 눈물이 또르르 흘렀다.

"몸에 상처는 다 뭐야? 옷차림은 또 왜 그랬고?"

치훈은 눈물을 훔쳐 주며 조심스럽게 물었다.

"맞았어."

"누구한테?"

"그 미친놈이 붙잡고 안 보내 주잖아."

"그놈이 누군데?"

"김환희."

그리 대답하는 두나의 목소리가 약간 떨렸다.

"몇 달 전에 정리된 거 아니었어? 안 보내 줬다는 게 무슨 뜻이야? 연락 안 된 며칠 동안 걔한테 붙잡혀 있었어?"

두나는 눈물을 흘리며 고개를 끄덕였다. 치훈은 화가 났다. 며칠씩이나 붙잡아 둔 것도 모자라 때리기까지 했다니.

"이렇게 드러누워 있을 일이야 이게? 신고하자. 병원 가서 진단서도 끊고."

하지만 두나는 치훈의 손목을 붙잡고 힘없이 고개를 저었다.

"그냥 똥 밟았다 치지 뭐. 내가 뭐 전치 몇 주 나올 것도 아니고. 신고해 봤자 귀찮아져. 괜찮아. 어차피 이제 방학이니까 볼 일도 없어."

"등신. 그놈이 너 또 해코지하면 어떻게 하려고?"

"그땐 신고할게."

치훈은 두나가 너무 걱정되었다. 안 그래도 소문이 좋지 않은 김환희가 또 언제 두나 앞에 나타날지 모르기 때문이었다.

"넌 어떻게 돼 가고 있는 거야? 학교는? 별일 없어?"

"별일? 있지. 학교가 지금 나 때문에 난리가 났거든."

치훈은 자조적으로 웃으며 말했다.

"뭔 소리야?"

"나, 동영상 유출됐어."

"뭐…?"

두나가 자리에서 벌떡 일어났다. 동영상이라니? 무슨 동영상이 어디에 유출되었다는 건가.

"정신이 하나도 없어. 뭐가 어떻게 돌아가는지 모르겠어. 난 어떻게 해야 하는지. 안 그래도 머리가 터질 거 같은데 아직도 모든 게 의문투성이야. 모든 게 계속 거슬려. 그날 나랑 헤어지고 대체 무슨 일이 있었는지."

두나는 멍하니 치훈의 말을 듣고 있었다. 그러다 순간, 온몸에 벌레가 기어 다니는 것 같은 느낌에 소름이 끼쳐 인상을 팍 썼다.

어딘가 멍해 보이는 두나의 모습에 치훈이 두나의 어깨를 약하게 흔들었다.

"두나야, 내 말 듣고 있는 거야?"

"어?"

"괜찮아? 왜 그래, 갑자기."

"미안. 잠깐 딴생각 하느라…."

아무래도 며칠 동안 겪은 일 때문에 아직 마음이 진정되지 않은 것 같았다. 치훈은 두나도 힘들었을 텐데 자신이 힘든 것만 이야기한 것이 못내 미안해 조심스럽게 껴안아 주었다.

치훈은 기태의 병원을 찾았다. 수연이 건넸던 브로슈어에 관한 이야기를 나누기 위해서였다. 퇴근하는 황 간호사를 마주한 치훈은 가벼운 묵례를 한 뒤 뭔가 결심한 눈빛으로 심호흡하고 안으로 들어갔다.

치훈은 몇 번이고 시뮬레이션을 돌려 보았다. 그 상상 속에서 기태와 수연은 차분했다.
"방법을 찾을 수 있을 것 같아?"
"남과 다르다는 이유로 감옥도 아닌 곳에서 자유를 저당 잡힌다는 게 납득이 안 돼요, 전."
"휴…. 안 되겠어? 정말? 엄만 거기가 최선책 같은데."
"확실하게 말씀드릴 수 있는 건… 엄마, 거기 책에 나와 있는 거 다 거짓말이야. 거기도 다 결국 돈 버는 게 목적인, 엄마처럼 마음 약해진 사람들 현혹시키는 그런 데라고. 그치만 원하시면 정신과 치료도 생각해 볼게요."
"그래, 그게 네 결심이면 일단 지지할게. 엄만 그래도 내 아들 믿으니까."
상상 속의 수연은 제 말을 잘 들어주고, 저를 믿어 준다고 말했다. 부디 제 상상처럼 상황이 어렵지 않게 흘러갔으면.

치훈이 병원 안으로 막 들어서는 순간 누군가 급한 걸음으로 제 옆을 쌩하니 지나갔다. 제 할머니인 심말년 여사였다.
말년은 병원에 들어가자마자 접수대 앞에 서서 다짜고짜 호출 벨을 눌러댔다. 벨 소리가 내과 전체를 울리고, 말년이 큰소리로 수연을 부르기 시작했다.

"애미 있냐! 애미야!"

진료실에서 퇴근 준비를 하던 수연과 기태가 놀라 허둥지둥 밖으로 달려나왔다.

"엄마? 무슨 일 있어?"

"어머니! 갑자기 연락도 없이 어쩐 일로…."

말년은 붉으락푸르락한 얼굴로 씩씩대더니 대기실에 놓여 있는 신문과 잡지를 몽땅 집어 바닥에 내팽개쳤다. 갑작스러운 일에 놀란 기태와 수연은 그 상황을 조용히 지켜볼 뿐이었다.

"애가 그 지경이 되도록 뭘 했냐, 응? 애미, 니가 그 뚫린 입으로 말 좀 해 봐라."

수연은 깜짝 놀라 기태를 한번 바라보았다가 다시 말년에게 시선을 돌렸다.

"어머니, 무슨 말씀이세요?"

치훈은 병원 밖에서 통유리창을 통해 이 상황을 보고 있었다. 심말년 여사는 아무래도 저 때문에 병원에 찾아온 듯했다.

말년은 아직도 진정이 되질 않는지 정수기에서 찬물을 한껏 들이켠 후에야 말을 이었다.

"세상에 어휴. 니가 애를 너무 구별 없이 키웠다. 머스마는 머스마스럽게 기집애는 기집애스럽게 키웠어야 했는데. 머스마를 기집애처럼 곱게 떠받드니까 이 사달이 난 거 아니냐!"

수연은 무어라 할 말이 없어 고개를 푹 숙였다.

"어릴 때부터 기집애마냥 뽀얗게 분칠까지 해서 내보냈던 게 영 찝찝했는데 이게 이렇게 터지냐? 응? 어휴. 동네 챙피해서 원. 애가 어느 날 갑자기 여자가 되어서 나타나기라도 하면 어떡할 거야?"

"어머님, 그게 아니구요. 우리 치훈이는…."

수연이 입을 열자 말년은 듣기도 싫다는 듯 발을 동동 굴렀다.

"시끄러워!!! 남사스러워서 정말."

보다 못한 기태가 나서서 말년을 진정시켰다.

"엄마, 진정 좀 합시다. 어디서 무슨 얘길 듣고 온 거예요?"

"그래요, 어머니. 오해세요. 그럴 일 없어요. 천천히 앉아서 얘기 좀…."

"내가 아무리 세상 물정 모르고! 방앗간에 처박혀 있다고! 어? 지 시애미 무식하다고! 어딜 그냥 넘어가려고! 그게 다 애 키우는 과정에서 어디 하나 문제가 있으면 그렇게 된다더라!"

수연의 얼굴에 난처한 빛이 떠올랐다.

* * *

2000년대 초, 서울 어느 주택가. 안방 화장대 앞에 앉은 아이가 엄마의 화장품을 얼굴에 찍어 바르고 있었다. 엄마와 똑같은 칼 단발을 한 귀여운 여섯 살, 치훈이였다.

수연은 얼른 카메라를 가져와 치훈의 모습을 담았다.

"엄마, 근데 나는 남잔데 왜 머리를 이렇게 해?"

수연은 가위를 들고 만족스러운 표정으로 대답했다.

"더 크면 이런 머리 못해."

"더 크면?"

치훈은 거울에 비친 제 머리를 만지작거리며 물었다.

"이쁘지? 우리 치훈이가 갓난아기 때부터 얼마나 예뻤냐면 지나가는 사람들이 다 딸이냐고 물어보고 그랬다?"

수연은 햇빛을 받으며 거울 속 제 얼굴을 살피는 치훈의 모습을 사진으로 남겼다. 얼핏 봐도 여자아이의 모습이었다.

유치원 학예회 때도 치훈은 여자아이들 사이에서 여자 한복을 입고 부채춤을 추었다. 수연과 말년, 기태는 학부모 석에 앉아 헤벌쭉 웃으며 그 모습을 보았다.

* * *

수연은 낡은 앨범 속에 담긴 어릴 적 치훈의 사진들을 보며 눈물을 후두둑 쏟아냈다. 힘껏 소리쳐 울지도 못하고, 가슴을 부여잡은 채 숨만 몰아쉬었다. 치훈이가 저리된 게 다 제 탓인 것 같아 속이 터질 것 같았다.

방에서 나오던 치훈은 그 눈물을 발견하고 마음이 찢어질 듯 아파왔다. 어떤 결정을 해야 하는지 고민만 더욱 깊어졌다.

수연은 그렇게 한참을 울다 베란다로 나왔다. 일전에 화분에 꽂아 두었던 반쪽짜리 담배꽁초를 찾아 흙을 털어 내고 불을 붙이려는데, 등 뒤에서 치훈의 목소리가 들려왔다.

"엄마."

수연은 깜짝 놀라 담배를 등 뒤로 감추었다.
"응."
"내가 거기 가면 엄마 마음이 편해질 거 같아?"
"널 위해서야."
치훈이 아무 대답도 하지 않자 수연이 노아의 이야기를 꺼냈다.
"실은 노아도 거기 갔었대."
"노아가? 누가 그래? 엄만 어떻게 알았어?"
"노아 엄마. 정목교회 사모님."
처음 듣는 이야기에, 치훈은 어리둥절한 채로 연이어 물었다.
"언제 갔었대?"
"일 년 전? 얼마 안 됐대."
"걔네 부모님 알고 계셨던 거야? 노아가 동성애자라는 거?"
치훈은 이상하다는 생각을 했다. 노아는 자신의 부모님이 제가 동성애자인 걸 알고 있다고 이야기한 적이 없었으니까. 물론 저런 곳에 갔다 온 것에 관해서도.
"응. 그래서 보냈대. 금방 치료되어서 나왔다던데."
"그래…?"
수연은 치훈이 그 치료 시설에 관심을 보이는 것이 기뻤지만 제 감정은 꼭 숨기고 조심스럽게 물었다.
"엄마랑 가서 시설이라도 먼저 보고 결정할래?"
"그럴 필요 없어."
치훈은 노아가 그곳에서 생활했다는 이야기를 듣고 마음이 약간 흔들렸다.

  일찍 시험을 다 보고 나온 두나는 치훈의 캐비닛 앞에 서서 거기에 잔뜩 붙어 있는 포스트잇을 읽고 있었다. 응원하는 메시지도 많았지만, 욕설도 없진 않았다.

  [힘내]
  [연대합니다]
  [지금 그대로 괜찮아요]
  [우린 어디에도 없지만 어디에나 있다]
  [죽어]
  [항문은 똥 싸는 곳입니다]
  [지옥에서 피똥 싼다?]

  포스트잇 하나하나를 읽어 보던 두나가 신경질적으로 전부 떼어내는데, 치훈이 다가와 말없이 캐비닛을 열어 전공 서적을 넣으며 심각한 얼굴의 두나에게 물었다.

"시험 잘 봤어?"

"그럭저럭. 그나저나 생각보다 심각하네."

"무심코 던지는 돌이지 뭐. 개구리가 죽든 말든."

"게이 퍼레이드 영상이라니. 그건 언제 찍힌 거야? 대체?"

"몰라."

"빼도 박도 못하겠네. 학교에선 뭐래? 윤리위원회에선 안 불러?"

"하차 권고 내려왔어. 버티면 강제로 해산시키겠지."

치훈과 두나는 한숨을 푹 내쉬곤 정문으로 향했다. 치훈과 나란히 걸어가던 두나는 뒤에서 누군가 지켜보는 것 같은 시선이 느껴졌다. 두나가 무언가 두려운 표정으로 주변을 둘러보자 그를 알아챈 치훈이 환희에 관해 물었다.

"환희라는 애, 학교에서 마주치진 않았어?"

"안 마주치려고 필사적으로 움직였어. 시험 볼 때도 제일 늦게 들어가고, 끝나고도 제일 빨리 나오고…."

"사설 경호원이라도 붙이는 거 어때?"

"그거 비싸겠지?"

"아마도?"

치훈은 여전히 불안해 보이는 두나가 걱정되었다. 경호원을 붙이면 좋을 텐데 대학생이 그리 큰돈이 있을 리가 없었다. 하지만 두나는 제가 힘든 것보단 치훈을 더 걱정했다.

"너 힘들 때 내가 옆에 못 있어 준 게 계속 마음에 걸려."

"걱정마. 힘든 건 한고비 넘어간 거 같아."

"누가 그랬는지 잡고 싶지는 않아?"

"잡아서 뭐 어떻게 해야 하는지도 모르는데 잡아서 뭐 해."

"음…."

"그리고 나 어디 좀 갔다 오려고. 한 달 정도?"

"여행 가?"

"뭐, 여행이라면 여행이지. 연락 안 될 수도 있어. 뇌도 비울 겸 잠수 탈 거야."

"어디 가는데? 말 안 할 거야?"

치훈은 두나에게는 사실대로 말해야 하나 고민했다.

"무슨 일이 일어날지는 모르겠지만, 한번 이겨 보려고. 버티고 버티다가 안 될 거 같으면 S.O.S 칠게."

"도대체 어딘데 어디 가는데…."

* * *

가로수가 길게 뻗어 있는 어느 교외길. 기태가 운전을 하고 보조석엔 수연이, 뒷좌석에는 치훈이 앉아 있었다.

기태의 차가 기도원 입구에 도착했다. 산새 소리가 울리는 기도원은 평온해 보이기 그지없었다. 기태의 차가 마당 주차장 한쪽으로 미끄러지듯 들어갔다. 산이 건물을 감싸고 있어 아늑한 느낌까지 감돌고 있었다. 깨끗한 신축 건물을 보니 긴장됐던 치훈의 마음도 조금 누그러지는 것도 같았다.

차에서 내린 기태는 치훈을 꼭 끌어안아 주었다. 이 복잡한 심경을 어찌 다 말을 할까.

"힘들면 꼭 얘기하고."

"네."

치훈은 기태의 품에서 빠져나와 엄마의 손을 꼭 잡아 주었다.

"갈게, 엄마."

수연은 본인이 원해서 이곳까지 온 것이지만 잘하는 건가 싶은 마음은 사라지지 않았다. 미안한 마음이 들어 치훈의 손을 잡은 손에 힘을 꽉 주었다.

가볍게 미소를 지어 보인 치훈은 수연의 손을 놓고 캐리어를 끌고 기도원 입구로 발걸음을 옮겼다. 기도원 사람들이 마중을 나온 상태였다.

기태와 수연은 치훈의 뒷모습에서 눈을 떼지 못했다.

"잘하겠지?"

"잘하겠지. 나는… 잘한 걸까?"

기태는 복잡해 보이는 수연의 어깨를 감싸 꼭 안아 주었다.

"여러분들은 증말 현명한 선택을 한 겁니다!"

50대의 젠틀해 보이는 남철은 치훈을 포함해 입소한 청년 셋과 차례로 악수했다. 치훈과 함께 입소한 사람은 평범하게 생긴 스물다섯 살의 남자와 마르고 예민한 느낌을 풍기는 스무 살의 여자였다.

남철의 뒤로는 남자가 인상 쓴 얼굴로 이들을 내려보고 있었다.

남철은 사람 좋은 웃음을 지어 보였다.

"지내다 보면 뭐 느끼시겠지마는! 마, 이만한 시설이 없습니다. 또 인생의 주마등이 막 지나갈 만큼 아! 내가 앞으로 어떻게 살아야 주님의 사람으로 거듭날 수 있겠구나 하는 깨달음을 얻을 겁니다. 그겨잉?"

남철이 뒤에 서 있는 남자를 쳐다보며 묻자 그가 겉보기와는 다르게 가늘고 예쁜 목소리로 아멘을 외쳤다.

"아멘!"

"마, 그럼 짐들 푸시고 이따 점심 먹꼬 강연 때 보입시다. 여 따라 가세요잉?"

남철은 손목에 걸린 명품 시계로 시간을 확인한 뒤 남자를 따라가라고 일렀다. 그 남자는 봉투를 내밀며 휴대폰을 걷겠다 말했다.

"휴대폰은 퇴소까지 금지입니다."

꽤 강압적인 목소리에 다들 쭈뼛쭈뼛하면서도 순순히 봉투에 휴대폰을 넣었다.

"내부 유출 문제가 심각해서요. 초상권도 있는데. 아무튼, 협조 감사드리고 따라오세요."

남자는 그리 말하곤 여자의 캐리어를 빼앗다시피 낚아채 들어주었다. 말은 저렇게 해도 다정한 사람인가 싶었다.

남자는 앞서 걸으며 마치 투어를 하듯 시설에 관해 설명해 주기 시작했다.

치훈은 그를 따라가면서도 기숙사 방에 문이 없는 걸 보며 이상함을 느끼고 있었다. 그러던 찰나, 어디선가 소란이 일었다.

"기저귀 좀 갈아 줘!!!!"

뭔가로 침대를 내려치는 듯한 요란한 소리가 뒤를 잇자 모두 소리가 나는 쪽을 바라보았다. 기저귀를 든 간병인이 방으로 들어가려다 남자를 발견하곤 멋쩍은 듯이 웃으며 상황을 설명했다.

"아우, 저 양반. 두 시간 전에 갈아 줬는데. 그러게 아침 많이 먹지 말라니까."

"음, 어차피 여기 계시면 언젠가 다 보시게 될 거니까. 따라오시죠."

간병인을 따라 들어간 방에는 노인 한 명이 침대에 누워 있었다. 홀딱 벗고 기저귀만 찬 모습이 마치 신생아 같았다. 거동이 불편해 혼자서는 아무것도 못 하는 것까지….

"미키 할배! 아침을 아주 푸짐하게 드셨나 배?"

간병인은 입소자들이 보는 앞에서 노인의 기저귀를 갈았다.

70대로 보이는 노인은 빡빡머리에 앙상한 다리, 반영구화장이 진하게 남은 눈썹과 아이라인이 그려져 있었고 뽀얀 피부 덕에 할머니인지 할아버지인지 분간이 어려웠다. 이불이 있어야 할 침대 위에는 강아지들이나 쓸 배변판이 여러 개 깔려 있었다.

치훈을 포함한 입소자들은 너무 놀라 입을 꾹 다문 채 당황스러운 눈빛만 주고받을 뿐이었다.

미키 할배라 불린 노인은 멋쩍게 웃으며 입소자들을 향해 말했다.

"말로가 이렇게 비참해에…. 어려서 악마처럼 살았으니까 그 죄 사함을 이렇게 다 해야지. 사지가 망가진 걸 봐. 이렇게 돼도 누구 하나 돌봐 주는 이 없어. 사랑했던 사람? 다 떠났어. 결국 예수뿐이야. 그러니까 동성애는… 사랑이 아니야."

한쪽 벽에는 미키 할배의 젊은 시절의 사진이 한 장 걸려 있었다. 화려한 술집에서 동물 머리띠를 하고 환하게 웃고 있는 모습이었다.

다들 숙연한 얼굴로 미키 할배의 방에서 벗어났다. 다소 다운된 분위기에 남자가 미키 할배에 대해 설명해 줬다.

"저분이 한때 이태원에서 제일 큰 게이클럽을 운영했대요. 돈을 아주 쌍끌이로 끌어모았다고 하던데 그러면 뭐 해. 아는 형, 동생들 돈 빌려줬다가 싹 다 튀어 버린걸. 게이 바닥 우정이란 게 그래요. 버리고 버림받고. 쯧쯧. 자. 이쪽이 화장실이고."

남자가 가리킨 화장실의 칸막이는 무릎 아래가 다 보일 정도로 뚫려 있었다. 그게 이상하다 생각한 치훈이 미간을 찌푸리며 물었다.

"저긴 왜 다 저렇게 뚫려 있죠?"

"아… 가끔 여기서 눈이 맞아가지고. 가끔 본인이 에이즈 걸린 줄도 모르고 오는 사람들이 있으니까."

질문을 던진 치훈을 포함한 입소자들은 저 말이 사실인가 싶어 숨을 들이켜며 입을 틀어막았다.

치훈은 캐리어를 끌고 제게 배정된 301호로 들어왔다. 물론 이 방에도 문은 없었다.

널찍한 방에는 한쪽엔 이층침대가 있고 벽 한가운데에 창문이 있었다. 1층이 비어 있는 것을 보고 자연스럽게 침대로 가 앉았다. 아까 본 것에 충격이 가시지 않아 멍하니 있는데 누군가 말을 걸어왔다.

"사파리 구경 잘하셨어요? 입소자들에게 늘 보여 주는 코슨데 우린 그걸 사파리라 하거든요."

2층에서 내려오는 사람은 반항적인 외모에 트랜디한 옷차림을 하고 있었다. 그의 온몸에는 문신이 새겨져 있었는데 뺨과 이마, 심지어는 눈 밑에까지 가득했다.

"통성명부터 할까요? 저는 이 기도원 지박령, 최고야라고 합니다. 조부모님이 작명소에서 거금 5만 원 투자한 이름이니까 비웃고 싶으시다면 잠들기 전에 몰래…."

치훈은 얼떨결에 고개를 끄덕이며 더듬더듬 제 이름을 말했다.

"아, 저는 강치훈입니다."

마주 보고 서 있는 두 사람의 외모가 극과 극이었다. 치훈은 고야의 외모에 경계심을 풀지 못했고, 고야는 천진난만한 표정으로 치훈을 응시했다.

치훈을 포함한 새로운 입소자들은 남철 앞에 무릎을 꿇고 앉아 있었다. 남철은 한 명 한 명 앞에 다가가 이마에 물약을 찍어 성호를 그으며 기도를 외쳤다. 그가 선창하면 입소자들이 따라 하는 방식이었다.

"주님께서 너를 악마로부터 구할지어다!"

"구할지어다!"

"주님께서 너를 악마로부터 구할지어다!"

"구할지어다!"

"주님께서 너를 악마로부터 구할지어다!"

"…"

치훈과 스물다섯 살의 남자는 순순히 후창하였지만, 스무 살의 여자는 후창하지 않았다. 남철은 살짝 화가 난 듯 이를 악물고 다시 한번 선창했다.

"주님께서 너를 악마로부터 구할지어다!"

여자는 여전히 입을 열지 않았다.

"주님께서 너를 악마로부터 구할지어다. 따라 합니다이?"

그럼에도 대답이 없자, 남철은 얼굴을 벌겋게 물들인 채 숨을 거칠게 내쉬었다.

"이분은 내일 저녁 회개의 시간을 갖겠습니다. 모두 꼭 강당에 모여 정~말 유익한 시간을 보내길 바랍니다."

그 말에 다른 입소자들이 웅성거리기 시작했다. 분위기가 점점 더 싸해지자 기도원을 소개해 주었던 남자가 급하게 밴드에게 손짓했다. 얼른 찬송가를 부르라는 소리였다.

남철은 찬송가가 울려 퍼지자 새로운 입소자들에게 자리로 돌아가라 일렀다.

치훈이 자리에 돌아오니 고야가 찬송가가 쓰여 있는 종이를 건네주었다. 그 순간 고야가 자리에서 일어나 앙증맞은 율동을 하며 찬송가를 제멋대로 개사하기 시작했다.

〈무지개〉

당신의 마음속의 무지개는 어떤 무지개인가요?

하느님이 가르쳐 준 무지개는 오직 비 온 뒤 찬란하게 빛나는 일곱 빛깔 무지개뿐이죠.

내 마음에 비가 내리면 무지개로 나타나시는 오직 한 분.

이젠 따를래요. 내 마음속 무지개. 하느님의 무지개

"고야의 마음속의 무지개는 어떤 무지개인가요? 하느님이 가르쳐 준 무지개는 오직 죽이고, 미워하고, 서로 이간질하는 무지개뿐이죠~"

남철은 그런 고야를 보며 엄지를 들어 보였고 고야도 엄지를 들어 보이는 것으로 응수했다.

치훈은 뭐 이런 놈이 있나 싶어 황당한 눈빛으로 그를 쳐다보는데 고야는 장난스러운 표정으로 찡긋, 윙크까지 해 보였다.

* * *

늦은 밤. 불빛 하나 없는 컴컴한 산속에서 빛을 내는 건 기도원뿐이었다.

식판엔 샐러드와 요거트, 두부, 해초무침과 잡곡밥, 간도 안 된 것 같은 허연 국. 건강식이라곤 하지만 죄다 맛이 없어 보이는 메뉴들이었다.

입맛이 없는 치훈과 다르게 고야는 눈을 감은 채 요거트 뚜껑에 묻은 요거트를 맛있게 핥고 있었다. 그 표정만 보자면 어디 미슐랭 식당에 온 것 같았다. 먹고 싶지 않았지만, 치훈이 한 숟갈 뜨려는데, 고야의 목소리에 다시 수저를 놓게 됐다.

"배부름은 나태를 부르고, 나태는 자극을 부른다. 고기, 밀가루, 해물, 여기선 다 금지야. 악마가 인간을 홀리기 위해 만든 음식이라고."

"그럼 뭐 먹어?"

"앞에 있잖아, 그거."

이때, 식당 구석에서 밥을 먹던 입소자가 식판을 엎고 난동을 부리기 시작했다. 일각에서 입소자들의 행동을 예의 주시하던 남자들이 난동부리는 입소자를 과잉제압하는 게 보였다.

"아, 눈치챘을 수도 있는데. 여긴 TV도 인터넷도 없어. 심지어 전화는 아예 안 터져."

저녁식사 후 입소자들 모두 강당에 모였다. 어두컴컴한 강당엔 단 하나의 핀조명만이 켜져 남철과 스무여 명을 밝히고 있었다. 그 가운데엔 스무 살의 여자가 눈을 감은 채 무릎을 꿇고 있었다.

"악마야! 그 몸에서 나오거라!"

남철이 그 여자의 머리에 손을 얹고 의식을 치르기 시작했다.

예의를 갖춰 검은색 정장을 입은 남자들이 남철의 선창에 맞춰 후창을 했다. 입소자들 사이에서 이 광경을 목도하고 있던 치훈은 이게 무슨 일인지 파악조차 하지 못해 당황스러웠다.

이때, 치훈 옆에 앉아 있던 식당에서 난동을 부리던 입소자가 자리에서 벌떡 일어나 미친 듯 펄쩍펄쩍 뛰며 소리를 질렀다. 십소자는 눈과 얼굴이 붉었고, 머리가 아픈 듯 양손으로 머리를 감싸 쥐고 있었다.

"이 씨바아아아아알!!! 이 좆같은 거 얼마나 더 봐야 내보내 주냐고!!!!! 날 제발 내보내 줘!!!!!!!!!!!!!"

강당에 있던 모두가 깜짝 놀라 난동 부리는 입소자를 지켜보는 가운데 남자들이 나타나 제압하려 했다. 입소자는 주변에 놓여 있던 의자를 들어 그들을 향해 던지며 거세게 저항했다.

그러다 자신을 혐오스럽게 바라보던 남철과 눈이 마주쳤다. 남자는 '우아아아아아아악!' 소리를 지르며 달려가 남철의 목을 졸랐다.

"죽어!! 죽어!!!!!"

퍽!

제압하려는 남자들 중 한 명이 야구방망이로 입소자의 뒤통수를 내려쳤다. 입소자는 그대로 나가떨어져 미동도 하지 않았다.

남철이 켁켁거리며 자리에서 일어나 흐트러진 머리와 매무새를 가다듬곤 쓰러져 있는 입소자를 죽일 듯 바라보다 남자에게 무어라 지시했다. 남자는 기절한 이의 한쪽 다리를 잡고 짐짝을 끌고 가듯 강당을 빠져나갔다.

남철은 목을 가다듬으며 물 한 모금을 마시곤 다시 연설을 이어 나갔다.

"봤지요? 악마가 이곳에 도착했습니다잉? 바로 여러분의 옆에! 아니! 당신 마음속에! 저 끔찍한 악마가 들어앉았습니다잉? 그럼 우리가 무엇을 해야 하죠잉?"

입소자들 사이에서 대답이 들려왔다.

"기도합시다! 저 불쌍한 영혼을 위해서!"

"우리는 성실한 믿음으로 하나님을 방패 삼아 절대 악에 홀리지 말아야 합니다이?"

남철이 무릎 꿇고 앉은 여자에게 다가가 이마에 손을 얹었다.

"악마야! 그 몸에서 나오거라! 주님께서 너의 이름을 듣길 원하신다! 악마야! 그 몸에서 나오거라!"

"악마야! 그 몸에서 나오거라!"

여자가 겁을 먹은 듯 온몸을 벌벌 떨면서 입소자들을 바라보는데, 치훈은 차마 후창하지 못하고 자리에서 일어났다. 하지만 고야가 치훈의 손을 잡아 다시 앉혔다. 그러곤 턱짓으로 겁을 잔뜩 먹은 여자를 가리켰다.

"지금 그렇게 나가면 너도 저렇게 돼."

치훈이 얌전히 앉아 정면을 바라보았다.

난동부리던 입소자를 내보낸 뒤 강당으로 들어오던 남자가 치훈을 예의주시하는데 무릎 꿇고 앉아 있던 여자가 갑자기 자리에서 일어나 입소자들을 가로질러 강당에서 탈출을 시도했다.

"저년이 악마가 들렸다!!!!"

사람들 사이를 달려가는 여자의 다리를 누군가 걸어 넘어뜨렸다. 체구도 작고 마른 편이라 넘어진 충격에 기절하고 말았다. 여자는 몇 걸음 가지도 못했는데 남자들에게 붙잡히고 말았다.

치훈은 그 끔찍한 광경을 차마 똑바로 쳐다보지 못하고 고개를 숙였는데 누군가 치훈의 목덜미를 낚아채 억지로 일으켰다. 아까 그 남자였다. 치훈을 가볍게 들어 어깨에 둘러맸다. 그러곤 핀조명을 향해 성큼성큼 이동했다.

그에게서 벗어나고자 발버둥 쳤지만, 워낙 거구라 당해 낼 수가 없었다. 핀조명에 가까워질수록 인자하게 미소 짓고 있는 남철의 얼굴 또한 가까워졌다.

치훈은 살면서 처음 느껴보는 두려움에 눈을 뜰 수가 없었다.

* * *

기도원에는 인도 수도원에서나 나올 법한 오묘한 노랫소리가 울려 퍼졌다. 향초에서 뿜어져 나오는 연기가 서서히 방 안을 채웠다.

고야는 커다란 햇살 한 줄기가 쏟아지는 창문 아래 서서 요가를 하고 있었다. 벗은 상체에는 문신이 빼곡했다.

치훈은 제 침대 위에 엎드려 일기를 쓰고 있었다.

[나 어제, 너를 만났어.]
[갑자기 그날이 또렷하게 기억나더라.]

 '제98회 전국체육대회' 현수막 아래 다이빙대 위에 노아가 서 있었다. 수연과 정희는 관객석에 앉아 노아를 바라보고 있었다.
 모두가 숨죽인 가운데 노아가 다이빙대에서 멋지게 뛰어내리고 심사위원들이 입력한 점수가 전광판에 떠 올랐다. 최고점을 기록하며 1위 자리를 탈환하자 관객석에서 환호가 터져 나왔다.
 다음으로 치훈이 다이빙대 위에 섰다. 정희는 이미 자리를 떴고 수연이 눈을 질끈 감은 채 기도하고 있었다.
 치훈은 눈을 천천히 감았다 뜨곤 심호흡을 후- 내뱉었다.

 치훈과 노아는 샤워를 마치고 대회장 밖으로 나왔다. 치훈은 살짝 화가 난 표정으로 앞서 걷고 있었고 미안한 표정의 노아가 그 뒤를 따랐다.
 수연이 치훈을 보며 활짝 웃자 치훈이 자리를 비켜 달라는 듯 노아를 째려봤다. 그 눈빛에 노아는 수연에게 묵례하곤 눈치껏 뒤로 물러섰다.

"축하해, 아들?"

수연이 옆구리를 쿡쿡 찌르며 기특하다는 듯 이야기했다.

"아파."

"잘했어. 금메달은? 엄마도 구경 좀 해 보자."

"버렸어."

"뭐? 얘가, 말 같지도 않은 소리를 하네. 만년 2등만 하다가 겨우 한 번 이겼는데 왜 그래?"

"뭘 이겨. 걔가 봐준 거지."

"봐주는 게 어딨어. 라이벌끼리 앞서거니 뒷서거니 해야지."

"걔랑 난 라이벌 아니야. 라이벌이 될 수도 없고."

"그럼 뭔데?"

"후… 엄만 아무것도 몰라…."

치훈은 그 말만을 남기고 후다닥 달려갔다. 수연은 황당해 하며 서둘러 그를 따라갔다.

"야! 얘가 왜 이래 진짜? 엄만 기분 좋아가지구 사거리에서 춤도 추겠다."

"아, 그럼 추든가!"

치훈은 텅 빈 수영장에 발을 담근 채 생각에 잠겨 있었다. 노아가 다가와 옆에 앉자마자 벌떡 일어났다. 당황한 노아는 치훈의 손목을 붙잡고 물끄러미 올려보았다.

"얘기 좀 해."

노아의 말에도 치훈은 잡힌 손을 풀려고만 했다. 하지만 노아는 손에 힘을 풀지 않았다.

"왜 그렇게 화가 난 건데?"

치훈은 입을 꾹 다문 채 물끄러미 노아를 내려보았다.

"뇌."

"이유라도 알자, 좀."

"이유…?"

치훈이 입술을 살짝 깨문 채 잠시 고민했다.

"왜 사람 자존심 상하게 그따위로 경기를 해? 내가 바본 줄 아냐?"

"뭔 소리야?"

"마지막 반 바퀴, 일부러 안 돌았잖아. 너."

"일부러 안 도는 게 어딨어. 뛸 때부터 불안정했어."

노아의 변명 아닌 변명을 들었음에도 치훈은 여전히 불만스러웠다.

"같지도 않은 변명 작작 해. 왜 그렇게까지 하는데? 왜 그렇게 나 밀어주고 싶어서 환장인데?"

노아가 아무 말 하지 않자, 치훈은 더욱 답답해졌다.

"또 말 못 하지."

대답하지 않는 노아를 내려다보던 치훈은 한숨을 푹 내쉬곤 신경질적으로 손목을 풀어냈다. 막 자리를 뜨려는데 등 뒤에서 노아의 목소리가 들렸다.

"그 대회 우승 경력만 있으면 너 양지대 지원할 수 있겠더라."

치훈은 걸음을 멈추고 어이없는 표정으로 노아를 돌아봤다.

"내 내신까지 뒤졌냐?"

"대학도 같은 데 가면 난 좋으니까…."

치훈은 그 말에 어이가 없는 걸 넘어 화까지 났다.

"너 양지대 합격은 이미 따놓은 거니 날 도와준 거다? 와, 눈물 난다. 우정 한번 지독하네. 대체 왜 이러는데? 왜 이렇게 나한테 집착하는데? 완전 날 무시한 거야. 너."

"너랑 계속 같이 있고 싶으니까."

황당해진 치훈은 노아를 가만히 바라만 보았다.

"몰라? 진짜 몰라서 물어? 내가 왜 이러는지?"

노아는 벌떡 일어나 치훈의 눈을 똑바로 응시했다. 어쩐지 욱하는 마음에 큰 소리가 났다. 이렇게라도 제 마음을 알아주었으면 했다.

"알고 있잖아 너도. 내 감정이 어떤 감정인지."

치훈은 노아를 빤히 바라보다가 그대로 수영장에 밀어 넣었다. 갑작스레 물에 빠진 노아가 허우적대다 밖으로 나와 치훈의 허리를 확 감싸 안았다.

두 사람은 시간이 정지된 것처럼 멈춰서 서로를 바라보았다.

치훈이 노아의 입술에 제 입술을 포갰다. 노아 또한 손을 뻗어 치훈을 당겨 안고 더욱 깊이 입을 맞추었다.

* * *

누군가 치훈의 노트를 빼앗았다. 남철이었다. 더 이상 참지 못한 치훈이 벌떡 일어나 노트를 향해 손을 뻗었다.

"지금 뭐 하시는 거예요!"

남자가 나서서 치훈의 손목을 붙잡았다.

"어이…."

"이런 것도 검열합니까? 여긴 사생활도 없어요?"

남철은 치훈의 소란에도 불구하고 노트를 전부 훑은 뒤 함께 온 남자에게 넘겼다. 그 또한 노트를 받아 곧바로 펼쳐 보았다.

"고놈 참, 악마나 단디 씌었다잉? 마, 괜안타. 열심히 치료하고 기도하모 다 응답해 주신다."

남철은 한숨을 푹 내쉬곤 치훈의 어깨에 손을 올렸다.

"강치훈이! 내 절대 니 포기 안 한데이?"

치훈은 분한 마음에 남철을 노려봤다. 남철은 씨익 웃으며 협박하듯 손에 힘을 주었다.

"가자."

남철이 다음 방으로 향하고, 남자는 사나운 인상을 풀고 사람 좋은 얼굴로 치훈에게 노트를 돌려주며 말했다.

"서 목사님 아드님 맞죠? 서노아."

"알아요?"

"알죠. 이름이 특이해서 기억해요. 일 년 전엔가 왔었는데…."

"정확히 언제쯤이었는지 기억하세요?"

"여름이었나 아니면 가을이었나."

"가을은 아닐 거예요. 학교 다닐 때거든요."

"둘이 그렇고 그런 사이였나?"

남자의 물음에 치훈은 입을 꾹 다물었다. 궁금한 건 노아가 여기서 어떻게 지냈는지였다.

"아무튼 서노아 씨는 잘 적응하고 별 소란 없이 퇴소했어요. 잘 지내요? 그때 다 치료됐다고 했는데."

"…네."

"아참, 운동선수라면서요? 아니 맨날 외출만 하고 들어오면 온몸에 멍 자국이 가득한 거예요. 얼마나 험한 운동을 하길래."

멍 자국에 관한 이야기는 처음 듣는 것이었다.

"멍 자국이요…?"

"여기저기 시퍼런 게 꼭 두들겨 맞은 것 같던데. 격투기 하시나?"

"그 얘기 좀 자세히 해 주실 수 있어요?"

"바빠서 오늘은 좀 어렵고, 다음에요."

남자는 자세히 이야기해 달라는 치훈의 간절한 표정에도 시간을 확인한 뒤 바쁘다며 방을 나갔다. 치훈은 혼란스러운 표정으로 생각에 빠졌다.

* * *

수연은 멍하니 앉아 있다가 손님이 데스크를 두드리는 소리에 정신을 차렸다. 데스크 앞에 서 있는 손님이 뚱한 얼굴로 자신을 보고 있었다.

"아이구, 내 정신 좀 봐. 어디 아프셔서 오셨어요?"

"목감기요."

"진료카드 작성하시고 잠시 기다려 주세요."

황 간호사가 나타나 수연에게 다가왔다.

"제가 볼게요. 들어가서 쉬세요."

"아니야, 괜찮아."

이때, 대기실에 자리한 손님이 TV 채널을 돌려 뉴스를 틀었다. 하필이면 치훈이와 관련된 뉴스가 나온 터라 수연의 눈이 자연스럽게 TV로 향했다. 옆에 서 있던 황 간호사가 수연을 걱정스럽게 바라보았다.

-대한민국 대학이 개교 이래 최초로 동성애자 학생회장이 선출되었습니다. 하지만 선거 활동 내내 이를 숨겼다가 당선 후 아웃팅, 이른바 자신의 의지와 상관없이 성 정체성을 누군가 폭로했다는 게 문제인데요. 학교 측은 이를 문제 삼아 당선을 무효화 한다고 합니다. 무엇이 문제인지 짚어 봅니다.

TV로는 앵커의 말이 흘러나오고, 황 간호사가 TV에 집중하고 있는 수연에게 걱정스럽게 물었다.

"돌릴까요?"

"놔둬. 나도 알아야지."

기자의 말이 이어졌다.

-양지대학 총장실을 앞에 두고 시위가 벌어졌습니다. 소속 불분명의 기독교 단체들이 교내에 무단으로 들어와 불법으로 시위 중입니다.

이어 시위가 벌어지고 있는 상황과 학생들의 인터뷰가 이어졌다. 학생들과는 다르게 불법시위를 벌이고 있는 시위자대표는 모자이크에 변조까지 되어 있었다.

-니들이 이 대학 학생이야? 어? 여긴 성전이야! 하느님 법을 어기면 니들이 나가야지!

-이에 학생들도 불만을 제기합니다.

-눈살이 찌푸려지죠. 세상은 바뀌고 있는데 종교가 왜 존재하는 건가 싶고. 하루빨리 원만한 합의점을 찾았으면 좋겠어요.

-하지만 학교 측은 단호합니다.

유빈의 인터뷰 다음으로는 모자이크한 김 교수의 의견이 이어졌다.

-우리 학교는 그 자체적인 윤리강령이라는 게 있어요. 외부인들이 이 사건에 대해 참견한다는 것 자체가 불가능한 것이고 어차피 룰 안에서 움직이는 거니까.

-이대로 놔두면 당선 무효는 확실한 상태인데요. 차별금지법 제정이 한 발 가까워진 이 시점에서 상생이란 말이 무색해집니다. 이에 문제는 없는지 인권협회의 한 전문가에게 물어봤습니다.

이어 고은의 인터뷰가 이어졌다.

-시대에 역행하는 처사라고 보구요. 이대로 놔둔다면 앞으로 성 소수자들에 대한 차별이나 테러가 당연시되는 사회가 되지 않을까, 우려가 되는 상황입니다.

"떳떳하면 모자이크는 왜 해? 지들도 뭔가 구리니까 저러지. 안 그래요?"

황 간호사가 어이없다는 듯 이야기하며 뒤를 돌아봤는데 수연은 이미 자리를 뜬 후였다.

수연은 고은의 인터뷰를 보자마자 원장실로 들어가 가운을 벗고 외투를 챙겨 입었다. 원장실에서 업무를 보던 기태는 수연의 갑작스러운 행동에 놀라 엉거주춤 일어났다.
"어디 가?"
"지금 상황을 뭐라고 설명해야 하지?"
"뭐?"
기태의 물음에 수연은 외투를 걸치다 말고 멈칫했다. 잠깐 생각에 빠진 듯하더니 이내 결심했다는 표정을 지어 보였다.
"앞문 잘 잠가 놨는데 뒷문으로 도둑 든 기분이야."
"뭔 소리야?"
"가만히 있으면 치훈이 이도 저도 안 될 것 같아."
"뭐 어떻게 하게?"
"학교 가서 총장님 바짓가랑이라도 잡고 빌어야지."
수연인 이내 가방까지 챙겨 빠른 걸음으로 원장실을 나섰다.
"수연아! 그래도 상의 좀 하지…."
기태는 이미 닫힌 문을 바라보며 한숨을 푹 내쉬었다.

* * *

치훈은 아무 생각 없이 볼일을 보고 있었다. 이때, 화장실 칸에 앉아 있던 남자가 스윽 일어났다.
치훈의 뒷모습을 보는 남자의 눈빛이 불쾌할 정도로 탐욕스러웠다. 남자는 치훈의 뒷모습에서 시선을 떼지 않은 채 자신의 팬티 속에 슬그머니 손을 넣었다.

"더럽고 추잡했던 기억을 모두 지우는 겁니다. 여러분들이 상상하는 가장 멋진! 미래의 내 모습을 그리는 거예요. 언제 어디에서 어떤 모습으로 있을지 여러분들이 원하는 그대로!"

맨얼굴에 붉은 립스틱을 바르고 고루한 정장을 입은 중년의 여성이 도화지를 앞에 둔 기도원들 사이를 걸으며 그리 외쳤다. 고야가 눈을 반짝이며 연필로 스케치를 시작했고 그 옆에 앉은 치훈은 뭘 그려야 할지 몰라 연필만 만지작거리고 있었다.

"세상에서 가장 유명한 사람이어도 좋고 세상에서 가장 평범한 사람이어도 좋습니다. 난 이렇게 될 수 있다! 될 것이다! 하는 마음으로 그리는 거예요."

치훈은 제 옆에서 신들린 듯 막힘없이 그림을 그려나가는 고야를 홀린 듯 바라보고 있었다. 그 시선을 느낀 듯 고야가 고개를 들어 치훈에게 말했다.

"웬만하면 그 사람은 피하는 게 좋을 겁니다."

"…누구?"

고야가 턱짓으로 남자를 가리켰다.

"저 사람, 원장 아들이에요. 이름은 병우."

치훈은 처음 듣는 이야기에 흠칫 놀랐다.

"무튼 전 경고했습니다. 절대 단둘이 있지 마시라고."

"왜요?"

"…형님의 소중한 그곳이… 털릴 수 있습니다."

"…?!!"

황당한 말에 벌어진 입을 다물지 못하고 있는데 미술치료사가 고야의 옆으로 다가와 그림을 살펴보았다.

"샬롬~ 우리 고야 군은 모태 크리스천인가?"

"그…."

고야가 우물쭈물 대답을 제대로 하지 못하자 미술치료사가 고야의 그림을 들어 올렸다.

"역시 얼굴에서 빛이 나! 여기 사람들한테 잠깐 그림 소개 좀 할까?"

고야는 자리에서 벌떡 일어나 실실 웃으며 제 그림에 관해 설명해 나갔다.

"이 그림은 미래의 내 가족입니다. 여긴 나, 여긴 내 예쁜 아내. 그리고 여긴 내 자식들. 히히."

"할렐루야…. 참으로 보기 좋습니다. 그쵸?"

미술치료사는 앉으라는 듯 고야의 어깨를 지그시 눌렀는데 꽤 무례한 느낌이었다. 하지만 고야는 그런 것쯤은 신경 쓰지 않는 듯 순순히 자리에 앉아 치훈을 향해 슬쩍 웃어 보였다. 이런 식으로 그리면 된다고 알려 주는 듯했다. 하지만 치훈은 고야의 그림이 거짓이란 걸 알고 있었기에 미간을 찌푸렸다.

"거짓말하는 거잖아."

치훈의 말에 고야의 얼굴이 차갑게 굳었다.

"모든 사람이 진실만을 말하진 않지요."

"대체 어떻게 2년을 버텼어?"

고야의 말뜻은 이해가 되었지만 그럼에도 걱정스러운 마음은 사라지지 않았다. 고야의 굳은 얼굴에 옅은 슬픔이 자리했다.

"형…. 형은 제가 정상으로 보이십니까?"

* * *

수연은 병원에서 나와 곧장 치훈의 학교로 향했다. 홍삼 드링크 한 박스를 들고 경비원에게 매달려 총장님을 만나게 해 달라고 사정하는 중이었다.

"제가 꼭 드릴 말씀이 있거든요."

"저희도 마음은 알겠는데 총장님께서 지금은 곤란하시다니까. 다음에 정식으로 절차를 밟으셔서…."

경비원은 수연의 팔짱을 끼고 밖으로 이동했다. 미리 약속을 하지 않은 상태라 만날 수 없다는 게 그 이유였다. 하지만 수연은 이렇게 물러날 수 없었다.

"그럼 잠깐 이것만 전달해 드리면 안 될까요?"

"일단 여기선 곤란하고…."

"알았어요, 알았어요."

수연은 경비원에게 붙잡힌 팔짱을 풀곤 매무새를 가다듬었다.

"그럼 제가 여기서 머리 풀고 무릎 꿇고 석고대죄라도 하면 될까요?"

이어지는 말에 경비원이 당황을 금치 못했다.

"아니, 어머님…."

그 순간, 다행히도 경비원을 구해 줄 사람이 나타났다. 테이크아웃 커피를 들고 선 고은이었다.

"강치훈 어머님?"

"선 교수님. 총장님이 면담 거부를 하셨는데도 막무가내로 만나겠다고 하셔서요…."

"제가 모실게요. 이쪽으로 오세요."

고은은 수연과 함께 제 교수실로 들어왔다. 책장에서 책 서너 권을 빼내니 반 정도 남은 보드카 한 병이 드러났다. 수연은 민망한 마음에 창밖을 내려다보고 서 있었다.

"오늘쯤이면 오실 것 같았어요. 드실래요?"

고은은 여전히 창밖만 보고 있는 수연에게 술잔을 들어 보이며 술을 권했지만 수연은 고개를 저어 거절했다. 고은은 스트레이트 잔에 술을 따라 원샷을 한 뒤 소파에 털썩 앉았다.

"우리 치훈이 이대로 뒀다간 죽도 밥도 안 될 거 같으니까. 내가 나서서 총장님이라도 뵙고 콘크리트 바닥에 머리를 박든 뭐라도 해야 하지 않을까. 별의별 생각으로 왔어요."

"총장님은 뵙기 힘드실 거예요, 아마. 이 학교 누구도 어머님을 만나 주지 않을 거예요."

고은은 한숨을 내쉬며 그리 말했다. 착잡한 마음만큼 힘없는 목소리였다.

"왜요?"

"불편하니까요. 그들도 아는 거죠. 요즘 세상에 누가 대놓고 차별을 하겠어요? 언론에 뭇매 맞고. 시민운동가들에게 돌 맞고. 뻔하죠."

"교수님이 만나 주셨잖아요. 교수님이 윤리위원회 고문이라면서요."

수연은 고은이 자신을 만나 주었다는 사실에 희망을 버릴 수 없었다.

"고문은 고문일 뿐이에요. 결정을 할 수 있는 사람이 아니니까요. 그치만 제가 도울 순 있어요."

"어떻게요?"

"치훈이… 지금 어디 있나요?"

치훈의 행방을 묻는 말에 수연은 잠시 당황하였다.

"몰라요. 잠시 머리 좀 식힌다고 어디 갔어요."

"아이와 싸우셨나요? 나가라고 윽박지르고 그러셨나요?"

"아뇨."

윽박도 지르고 싸우기도 했지만, 사실대로 말할 수 없었던 수연은 그저 아니라는 대답만 할 뿐이었다.

"그럼 가족들도 받아들이기로 하신 건가요?"

"그것도 아닌데…."

"벌써 일주일이 지났는데. 아이가 어디 있는지부터 파악해야 하는 거 아닌가요?"

고은은 제대로 된 대답을 하지 않는 수연이 답답했다. 이대로라면 도울 방법도 없고 일을 해결하기 어려울 게 뻔했다.

"그럼 저도 도울 수가 없어요. 지금은 치훈이의 결정이 필요

하거든요. 이대로 도망칠 것인지 아니면 맞서 싸울 것인지. 그리고 그에 대해 가족들도 힘이 되어줄 것인지. 아무것도 모른 채 저도 뭘 할 수 있는 게 없어요."

"싸우면 어떻게 되나요?"

고은이 고개를 저으며 말을 이었다.

"모르죠. 결과는. 어쨌건 판을 키워서 이슈를 만들고 우리 편을 만드는 게 중요하니까."

수연은 한참을 머뭇거리다 겨우 입술을 뗐다.

"그렇게 되면 세상 모두가 알게 되잖아요. 우리 치훈이를."

"그게 힘든 거라. 그래서 저도 밀어붙이고 싶지는 않아요."

"갑자기 이런 말 죄송한데 제가 교수님을 어떻게 믿죠? 어떻게 믿고 함께 하겠어요."

"서노아, 아시죠?"

갑작스레 튀어나온 노아의 이름에 수연이 깜짝 놀랐다.

"네, 아주 잘 알죠."

"노아가 부탁했어요. 치훈이만큼은 세상 밖으로 튕겨 나가지 않도록 도와 달라고. 치훈이의 부모님만큼은 치훈이를 받아들일 수 있도록 해 달라고."

그 말을 끝으로 잠시 침묵이 이어졌다. 고은이 보드카를 따라 한 잔 더 원샷했다.

"시간이 없어요. 당장 내일이 징계 회의라. 치훈이가 나타나 변론하지 않으면 그대로 당선 무효. 이 타이밍 놓치면 치훈이 인생, 참 애매하게 흘러갈지도 몰라요. 어머님은 아시죠? 치훈이 어디 있는지."

고은이 수연을 진지하게 직시하자 수연이 고개를 푹 숙여 그 시선을 피했다. 사실대로 이야기해도 될지 확신이 서지 않기 때문이었다.

* * *

남철은 돋보기를 끼고 치훈의 그림을 자세히 보고 있었다. 치훈의 도화지에는 해변에서 입을 맞추고 있는 두 소년의 그림이 그려져 있었다.

남철은 안경을 벗으며 심각한 표정으로 치훈을 바라보았고 치훈은 이게 뭐 어떠냐는 듯 당당하게 그 시선을 마주했다.

"니 뭐, 우짤라고 이래? 너거 어머이가 아시믄 허파 희뜩 디집히겠구로. 아들 고쳐보겠다고 수백만 원 바쳐가 인간 좀 만들라 캤더니 병이 더 도져서 오믄 어머이가 깨춤을 추겠다, 깨춤을. 그제?"

남철은 대답하지 않는 치훈을 향해 인상을 찌푸렸다.

"니 같은 아들한테 머라카는 지 아나? 잉. 여. 인. 간. 잉여 인간이다! 잉여 인간! 이따구로 살믄 니는 평생 인간 구실도 할 수 없꼬! 사회의 그 어느 누구도 니를 인간으로도 취급 안 할 끼다! 그래 살래? 니? 어? 그러니께네… 지금부터라도 마음 잡자 잉?"

말 같지도 않은 소리가 이어지자, 치훈은 한숨을 푹 내쉬었다.

"저, 나가겠습니다."

"뭐, 뭐라꼬?"

"당장 부모님 불러 주세요."

"와, 그래? 부모를 불러 달라꼬? 맹랑하네. 그래, 그전에 니 손금 좀 보자."

남철은 말문이 막히는지 말을 더듬다가 갑자기 손금을 보자며 대뜸 치훈의 손목을 붙잡았다.

"장수할 팔잔지, 단명할 팔잔지 함 봐야겠다."

순간 분위기가 싸해지고 치훈은 뭔가 위험하다는 생각이 들었다.

잠시 뒤, 치훈은 자루를 뒤집어쓴 채 병우와 일당들에게 끌려가고 있었다. 상황이 왜 이렇게 된 건지는 치훈도 알 수 없었다.

"놔!! 놓으라고!!"

기도원 사람들이 웅성대며 몸부림치는 치훈을 바라보고 있는 가운데, 멀지 않은 곳에서 고야도 그 광경을 지켜보고 있었다.

치훈은 계단을 따라 아래층으로 내려가는 것을 느꼈다. 기도원 내부에 지하실인 듯했다.

여기저기서 곰팡내가 났고 공기엔 습기가 가득했다. 앞이 보이지 않는 캄캄함에 겁먹은 치훈은 계속해서 몸부림을 쳤지만, 여러명의 남자들의 손아귀에서 벗어나는 건 쉬운 일이 아니었다.

* * *

고은과 수연은 빠른 걸음으로 주차장으로 향했다. 곧바로 수연의 차에 올라타 주차장을 벗어났다.

"사실… 노아 엄마가 추천해 줬어요."

수연과 고은은 잔뜩 초조한 상태였다. 그 마음을 대변하듯 수연의 차도 불안정하게 움직이고 있었다.

"괜찮다고 해서 난 그런 줄만 알았어요. 노아도 거기서 치료받았다고 해서…."

"그게 무슨 병이 아니잖아요, 치료라니."

한숨 섞인 고은의 말에 수연은 치훈에게 미안한 마음이 들었다. 노아가 치료됐다고 해서 치료가 되는거라 생각했다.

"다 돈독 오른 사기꾼들이에요. 인간의 약한 마음을 이용하는 악마. 다시 한번 경고하지만, 기도원 내부 상태 보고 놀라지 마세요. 거긴 사람 영혼을 바닥까지 끌어내리는 그런 데니까."

수연은 급한 마음에 액셀을 밟았고 고은도 초조한 표정으로 손잡이를 꽉 붙들었다.

* * *

작은 철창 사이로 가느다란 빛이 들어오고 있었다. 치훈은 며칠째 지하 독방에 갇혀 먹지 못했고 씻지 못했다. 기운 없이 벽에 기대 반쯤 누운 상태로 멍하니 벽을 바라보고 있었다.

"서노아 씨도 이 방에 있었는데…."

목소리가 들리는 쪽으로 고개를 돌리니 병우가 서 있었다. 병우는 철문으로 고개를 들이민 채 음흉하게 웃고 있었다.

"웬만하면 그 똥고집 꺾으세요. 여기서 나가 봐야 또 돌아와요. 열에 일곱은 뒤지게 처맞고 질질 끌려 오는데?"

치훈은 여전히 멍한 표정으로 벽만 바라보고 있었다.

"불법 감금이에요, 이거."

"서노아 씨도 여기서 무단 외출했다가 이 꼴로…."

병우가 낄낄거리며 휴대폰 화면을 켜 창살에 바짝 갖다 대 주었다. 치훈이 힘겹게 몸을 일으켜 가까이 다가갔다. 휴대폰에는 얼굴 없이 몸만 찍힌 사진이 떠 있었는데, 온몸에 시퍼런 멍 자국이 가득했다.

"확실해요? 이게 노아라는 게?"

"누가 때렸는지 알면 더 놀랄 텐데."

병우의 말에 치훈은 혼란스러웠다. 이곳의 사람이 때린 게 아닌가?

* * *

남철은 원장실 책상에 앉아 CCTV를 통해 복면을 쓴 병우와 일당들이 치훈의 독방으로 들어가는 것을 모니터링하고 있었는데 갑자기 수연과 고은이 들이닥쳤다. 치훈을 데려가겠다고 찾아온 것이었다.

"그게, 치료를 이렇게 중간에 중단하시면 아주 안 좋은데. 상당히 호전되고 있었거든요, 강치훈 군이?"

고은은 저 말을 믿어선 안 된다고 조용히 속삭였다.

"모르겠구요. 난 그런 사탕발림에 안 넘어가니까 내 아들, 우리 치훈이. 당장 내 눈앞에 데리고 오시라구요."

"아이고, 사모님. 이건 제가 잘 안 보여 드리는데 이거 보세요. 내용 한번 읽어 보세요."

남철이 치훈의 일기를 건넸다. 둘은 떨떠름한 표정으로 일기장을 받아 펼쳤고, '내 과거를 반성한다. 가족을 만들고 싶다.'는 내용에 놀라 서로를 바라보았다.

"이렇게 하느님 앞에 회개하고 새 사람으로 거듭나는 이 시점에 갑자기 세상 밖으로 나가 버리면… 전부 도로 아미타불 됩니다. 답답하시더라도 참고 기다리셔야 완쾌할 수 있어요."

수연은 계속해서 일기를 읽어 내려갔고 이어지는 내용에 점점 더 혼란스러웠다. 고은은 여전히 믿지 말라고 속삭였지만, 수연의 눈은 치훈의 일기에서 떨어질 줄을 몰랐다.

* * *

치훈은 벌거벗겨진 채 붉은 로프에 온몸이 단단히 묶인 상태였다. 복면을 쓴 병우와 일당들이 로프를 잡아당기자 치훈의 몸이 바닥에서 떠 공중에 매달리게 되었다.

"개가 똥을 끊지. 똥꼬충이 어떻게 똥꼬질을 끊어? 그죠? 근데 산 사람은 살아야 되잖아요. 서노아 씨는 늘 올 때마다 지애비한테 쥐 터져서 왔어요. 그렇게 살다간 그렇게 뒤지는 거예요!! 불행하게!! 강치훈 씨는 가능성이 있는데 왜…. 씨, 내가

다 안타깝네."

 그 말에 잔뜩 겁을 먹은 치훈이 온몸을 벌벌 떨기 시작했다.

 "이제부터 행해지는 건 교육입니다. 참. 교. 육. 이걸 마지막으로 제발 새 사람으로 거듭나세요."

 병우가 뒤로 물러나니 일당들이 철문을 열어 주었다. 이어 휠체어를 탄 미키 할배가 안으로 들어왔다. 곱게 화장까지 한 상태였다.

 "어머나! 너구나?"

 들뜨고 갈라지는 목소리에 치훈은 불안해졌다. 제게 무슨 일이 일어날지 모르겠어서 겁먹은 눈으로 주변을 살피는데 미키 할배가 휠체어에서 벌떡 일어나 무서운 표정으로 다가왔다.

 그 시각, 고야는 변기 위에 올려 둔 이불을 가만히 내려다보고 있었다. 곧, 뭔가 결심한 얼굴로 성냥을 그어 내렸다.

 요란한 화재 경보음이 울리기 시작하고 방 안에 있던 입소자들이 무슨 일이냐는 듯 소란스럽게 소리를 지르며 밖으로 나왔다. 고야가 복도를 가로지르며 "불이야!" 외치기 시작했다.

 화재 경보에 놀란 건 남철도 마찬가지였다. 급하게 인터폰을 들어 어딘가에 전화를 걸었지만 연결되지 않았다. 수연과 고은은 건물을 가득 채우는 경보에 당황스러워하며 주변을 둘러보았다.

 "화재 경보 아니에요?"

 "아닙니다. 별일 아일 겁니다. 앉아 계시면…."

 "불이야!! 불이야!"

이때, 고야가 원장실 문을 벌컥 열고 들어왔다.

"원장님!!"

"어, 그래! 무슨 일이고?"

"3층 화장실에 불이…!"

"하이고! 새끼들, 다 어디서 쳐 자빠져 있는 거고?"

자리를 뜨려던 수연과 고은은 불이 났다는 소리에 놀라 남철을 붙잡고 치훈의 행방을 물었다.

"치훈이는요? 치훈이, 어딨어요?"

"마, 이따 얘기 합시다이. 니는 정문 잘 지켜라이?"

남철이 수연의 팔을 뿌리치고 원장실을 나섰고 고야가 수연과 고은에게 다가갔다.

"누구시죠? 치훈이 형이랑 어떤 관계…?"

치훈을 아는 듯한 고야의 말에 수연이 그의 소매를 꽉 붙잡았다.

"나 치훈이 엄마야. 치훈이 지금 어딨니? 넌 알아?"

고야는 그 꼴을 보여 줘도 괜찮을까 싶어 고민했지만 이내 결심하고 수연과 고은을 지하실로 이끌었다.

어두운 지하 복도를 조심조심 걸어가는데 휠체어를 탄 미키 할배가 나타났다.

"아유, 어디서 불이 났대, 그래?"

"뭐야, 할배가 여기서 왜 나와?"

고야는 뜬금없이 등장한 미키 할배에 당황해 무슨 일이냐 물었지만 미키 할배는 대답하지 않고 쌩 지나갔다. 수연은 미키 할배의 모습을 보고 더 불안해졌다.

"여긴 대체 뭐 하는 덴데 이렇게 컴컴해?"
"사설 감옥이 따로 없네. 싹 다 신고해 버려야지 이거."
고은과 수연은 그리 중얼거리며 고야의 뒤를 따랐다.

* * *

 병우와 일당들은 화재 경보 소리를 듣고 재빨리 로프를 풀어냈다. 바닥에 쿵 떨어진 치훈을 일으키려 다가갔지만, 순간 치훈이 머리로 그들을 받아 버렸다. 일당들은 예상치 못한 반항에 코피를 뿜으며 나가떨어졌고 병우가 육중한 몸을 날렸지만, 치훈은 날렵하게 피했다.
 그러기를 몇 번, 병우는 결국 바닥에 머리를 부딪히고, 기절하고 말았다. 치훈은 그 틈을 타 바닥에 있는 옷을 주워 입고 독방을 빠져나갔다.

 수연과 고은, 고야는 빠른 걸음으로 독방에 도착했다. 하지만 그곳에 치훈은 없었다. 바닥에 머리를 박고 쓰러져 있는 병우와 로프만 널려 있을 뿐이었다.
 수연은 곧장 병우에게 다가가 세차게 흔들어 깨웠다. 그사이 고은은 휴대폰을 꺼내 독방 여기저기를 사진으로 찍어댔다.
 "치훈이 어딨어! 당신들이 우리 치훈이 어떻게 한 거야?"
 그제야 정신을 차린 병우가 눈을 깜빡였다.
 험악하게 인상을 찌푸리며 이마에서 흐르는 피를 닦는 병우의 모습에 조금 겁이 났지만, 수연은 다시 한번 치훈의 행방을 물었다.

"치훈이 여기다 가뒀었어? 당신들? 말해 봐! 어떻게 애를 이런 곳에…. 어? 어떻게 이럴 수 있냐고! 다 신고할 거야! 니들!!"
"씨발, 내가 알 게 뭐야! 애미, 애비가 정신 나가서 자식새끼 이딴 곳에 처넣어 놓고 왜 내 탓을 하냐고! 아줌마, 아줌마도 귀찮아서 애 여기다 버린 거잖아. 어?"
 병우의 멱살을 쥔 손에서 힘이 점점 빠졌다.

* * *

 지하 계단에서 올라온 치훈은 곧장 출입문 앞으로 다가갔다. 화재 경보 때문에 로비엔 사람들로 가득했지만 아무도 나가지 못하는 상태였다. 비밀번호를 입력하지 않으면 안에서 열 수 없는 구조로 되어 있기 때문이었다.
 절망감에 문고리를 잡고 세차게 흔드는데 병우 일당이 나타나 치훈에게 다가가려 했다. 입소자들은 당황하면서도 그 일당을 막아섰고, 고야가 나타나 비밀번호를 눌러 주었다.
 열린 문 사이로 밝은 빛이 쏟아져 들어왔다.
 두 사람은 서로의 눈을 마주했다. 치훈은 확신에 차 있었지만, 고야는 두려움에 망설이며 뒷걸음질 쳤다. 치훈이 고야의 손목을 붙잡았다.
"나가자, 같이."
 고야는 치훈의 강렬한 눈빛에 압도된 듯 그대로 굳었다.

* * *

잠시 뒤, 수연과 고은도 로비로 올라왔다. 화재경보기 알람도 멈추고, 로비를 서성이던 입소자들도 아무 일 없었다는 듯 제자리로 돌아가고 있었다.

"대체 어디로 간 거야…."

"나간 거 같은데…."

수연과 고은은 기진맥진한 상태로 숨을 고르며 주변을 둘러봤다. 출입문이 열려 있는 걸 보니 밖으로 나간 이가 있는 듯했다.

남철이 뒤늦게 로비로 달려와 호들갑을 떨어댔다. 수연과 고은이 무엇을 봤는지 모르는 눈치였다.

"아하하핫! 문제 막 해결됐심다! 다시 차근차근 얘기해 보입시다!"

수연은 숨을 한번 고르곤 남철에게 다가갔다. 입술을 꽉 깨문 채 메고 있던 백을 들어 남철의 뒤통수를 연신 후려쳤다. 가드를 올리며 막아 보려 했지만, 차마 거칠게 대할 순 없어 속수무책으로 맞기만 했다.

"아이고마! 왜 이러십니까?"

"내 아들 털끝이라도 상했어 봐. 당신들 전부 다!!!!"

수연은 말을 끝맺지 못하고 한참 남철을 노려보다 건물 밖으로 나갔다.

* * *

고은은 늦은 시간까지 교수실에 앉아 모니터를 들여다보고 있었다. 모니터엔 치훈과 관련된 기사였는데, 인권 전문가들의 쓴 칼럼들이었다.
 기도원에 다녀온 뒤, 수연과 고은은 비장한 눈빛으로 대화를 나눴다.

"내일 회의장에선 하나만 생각하시면 돼요. 나는 강치훈 엄마다. 나는 어떻게 해서든 나락으로 떨어지는 내 아들 멱살 잡고 끌어 올리겠다."
"잘 못 하면 어떡해요? 실수하면? 안 가느니만 못 한 거 아닐까요? 난 살면서 사람들 앞에 서서 얘기해 본 적이 없는데."
"해야 돼요. 치훈이 다시 떳떳하게 보시려면."

 수연은 불안해 보였지만 이내 주먹을 불끈 쥐었었다. 부모니까 잘해 낼 수 있을 것이다.

"정말 혼자 갈 수 있겠어?"
"응."
 수연의 이야기를 들은 기태는 걱정이 앞섰다. 수연만 보내는 게 마음이 쓰인 탓이었다.
"옆에만 있어도 힘이 되지 않을까?"
"예약환자 많잖아. 갑자기 진료 펑크낼 순 없지."
"그래도 가족들이 모두 신경 쓰고 있다는 걸 어필하면 더 좋을 것 같은데. 치훈이 기도원에서 나온 건 확실해?"
"…응."

"우리가 어떻게 했으면 좋겠냐 애한테 물어볼 수도 없고 참…. 그래도 기도원에서 좀 달라졌을 수도 있잖아. 거기서 말하는 치료가 좀 됐다거나 그런 건 없었어?"

치료가 됐느냐는 물음에 수연이 눈물을 뚝뚝 흘렸다.

"아니야, 거기는. 괜히 보냈나 봐 내가 신중하지 못했어. 치훈이만 더 힘들게 만들고."

기태가 등을 토닥이며 수연을 위로해 주었다.

"엄마가 얼마나 미우면 연락 한 통 안 해? 어디서 뭐 하고 있는지 얘긴 해 줄 수 있잖아."

"하기 싫을 수도 있지."

"내일이면 학교고, 운동이고 다 그만두게 생겼는데…."

수연은 눈물을 그치지 못했다. 모두 다 제 잘못인 것 같았다. 무작정 화만 낼 게 아니라 아이의 말을 들었어야 했다. 들어보고 받아들일 노력이라도 해 봤어야 했다.

"걔도 다 알고 있겠지. 그것도 걔 결정이야. 우리가 부모지만 언제까지 이래라저래라할 수는 없어. 다 큰 어른이고 우리 손을 떠난 아이고 온전히 걔 인생이야. 이제 나는 치훈이도 치훈이의 인생을 살아가야 한다고 그렇게 생각하기로 다짐했어."

"당신은 어떻게 그렇게 무책임한 말을 해? 우리가 원해서 낳았잖아. 그럼 끝까지 책임져야지. 어떻게 이대로 놔둬. 잠깐 길을 잘못 들어선 거라면 후회하고 되돌아왔을 때 다시 시작할 수 있게 만들어야지. 그게 내 할 일이야. 그게 아니면 내 인생이 무슨 의미야? 아무 의미 없어…. 나는."

이태원 근방의 어느 골목. 뮤지컬 백스테이지의 느낌을 주는 공간에 앉은 고야는 가발을 쓰고 얼굴에 분칠을 했다. 과장된 아이라인과 립라인, 얼굴을 쓸어내리는 커다란 붓.

고야는 가슴골이 보일 정도로 깊이 파여 몸매를 드러내는 드레스를 입었다. 등 뒤에 달린 날개가 마치 나비 같았다.

트랜스젠더 클럽은 해가 졌음에도 영업시간이 되지 않은 듯 조용했다. 치훈이 어색하게 주변을 둘러보는데 바 쪽에 있던 젠더가 술이 담긴 언더락 잔을 건네주며 윙크를 해 보였다.

고맙다는 의미로 고개를 꾸벅이곤 잔을 입술에 대는 순간, 스테이지의 불이 팡! 켜지고, 영화 드림걸스 OST가 시작되며 커튼 사이로 고야가 등장했다.

큰 소리에 놀라기도 했지만, 고야의 모습에 더 놀란 치훈이 눈을 동그랗게 떴다.

고야는 그 모습을 바라보며 열정적으로 드랙퀸 쇼를 펼쳤다. 그러곤 고혹적인 눈빛과 몸짓으로 무대 밑 치훈에게 다가와 소심하게 박수를 치는 치훈의 턱을 잡아 볼에 뽀뽀를 했다.
"이게 진짜 나예요."
고야는 치훈의 귓가에 그리 속삭인 뒤 도도한 표정으로 스테이지 위로 올라갔다.

고야의 무대를 보며 술잔을 기울이길 여러 번. 만취한 치훈은 기분이 들떠 드랙퀸들 사이에 자리를 잡고 술을 마시며 웃고 떠들었다. 고야는 기도원에서와는 확실히 다른 생기있는 모습이었다.
치훈은 술에 취해 정신이 없는 와중에도 고야의 그 모습을 눈에 새기려 노력했다.

치훈은 드랙퀸들에게 이끌려 클럽 대기실까지 내려오게 되었다. 그들은 첫 데이트 약속을 잡은 소녀를 대하듯 예쁘게 만들어 주겠다며 드레스를 골라주고 얼굴에 분칠을 해 주느라 정신이 없었다.
그 상황이 쑥스러워 손사래도 치고 고개도 가로저었지만, 분위기를 망치고 싶진 않았다.
변신을 마친 치훈은 거울 앞에 서서 이리저리 제 모습을 비춰 보며 의외로 잘 어울린다는 생각을 했다. 드랙퀸들은 연신 예쁘다 소리치며 박수를 쳐댔다.
거울 너머로 자신을 바라보고 있는 고야에게 고맙다는 듯 눈

인사를 하자 고야가 윙크하며 씩 웃어 보였다.

* * *

고은을 비롯해 징계위원회에 참석하는 교수들이 회의실로 향했다. 복도 모퉁이를 돌자 뉴스 기자 경섭이 카메라를 대동한 채 따라왔고, 고은은 그와 눈을 마주치며 고개를 끄덕였다. 모종의 합의가 있는 듯한 느낌이었다.

경섭은 김 교수에게 다가가 물었다.

"여론이 지금 분분하잖습니까? 귀교에서 내린 방침이 논란이 될 수 있다는 걸 예상하십니까?"

"나중에 합시다. 나중에."

두나와 동아리 학생들은 회의장 앞 복도에 서서 일전에 불법 시위를 벌였던 기독교인들과 대치하고 있었다.

약국에서 청심환까지 사 먹은 수연은 차분한 마음으로 회의실에 꼿꼿이 앉아 있었다. 고은을 비롯한 교수들이 차례로 들어와 착석했고, 회의 시작을 알렸다. 어수선한 분위기 속 고은이 수연의 눈을 마주 보며 힘내라는 무언의 미소를 보냈다.

조용해진 장내, 회의실 문이 열리며 체육과 코치가 등장했다.

* * *

치훈과 고야는 아직 술이 깨지 않아 대기실 한쪽에 있는 벨벳

재질의 물침대에 누워 천장을 바라보고 있었다. 화장도 다 지우지 못해 얼굴이 엉망이었고, 머리도 잔뜩 헝클어진 채였다.

"돌아가, 이제 돌아갈 시간이야."

치훈은 머리가 어지러운 듯 눈을 꼭 감았다.

"사실 어제 형 엄마 만났어요."

고야의 뜬금없는 말에 치훈이 몸을 벌떡 일으켰다.

"그걸 왜 이제 말해. 어디서??"

"기도원에 오셨어요. 형 데리고 나가겠다고."

치훈이 침대 밑으로 발을 뻗어 급히 일어나려는데 숙취 때문에 어지러워 다시 주저앉고 말았다.

"CCTV 보면 내가 불 지른 거 다 나올 텐데. 이거 나도 한 달은 지하 감방 가겠네."

"미쳤어? 다시 들어갈 거야? 거길?"

고야는 드레스를 벗어 옆구리를 보여 주었다. 그 옆구리엔 커다란 십자가 문신이 새겨져 있었다.

"자세히 봐요. 여기 한 뼘만 한 칼빵이 있어. 아버지가 술 취해서 나 죽이겠다고 병 깨고 달려들어서 찔렀어요. 그런 집에 다시 들어가느니 차라리 기도원이 천국이죠."

치훈은 아무 말도 할 수 없었다.

"형. 형은 할 수 있을 것 같아. 그런 엄마가 있으면."

"나랑 같이 가자. 거길 왜 다시 가 등신아. 그러지 말고 나가서…"

"고마워요, 정말. 정말 정말 고마워요. 그런데 형은 형의 인생을 살아요. 난 내 인생을 살게."

고야의 희미한 웃음에 치훈은 코끝이 찡해지는 것을 느꼈다.

* * *

"체육과의 입장입니다. 저희 체육과는 본교의 결정에 따르겠습니다. 이상입니다."

"더 하실 말씀 있습니까?"

"없습니다."

장내가 웅성거리기 시작했고 고은이 수연을 바라보았다. 수연은 지금의 결과를 어떻게 받아들여야 할지 고민에 빠진 듯 입을 꾹 다물고 있었다. 그사이 코치가 나섰다.

"한마디만 해도 될까요?"

사람들의 시선이 코치에게 쏠리자 김 교수가 할 말이 있으면 해 보라는 듯 손짓했다.

"제가 아는 강치훈 군은 성실하고 다이빙을 좋아하는 선수였습니다. 이상입니다."

수연이 울음을 참으려 목을 가다듬자 조 교수가 물었다.

"강치훈 군은 아직 연락 없습니까?"

"네."

"결과를 받아들이겠다는 것으로 해석해도 될까요?"

수연이 질문에 대답하지 않자 김 교수가 나섰다.

"어머님이 마지막 변론을 하셔도 크게 상황이 바뀌지는 않을 건데, 그래도 하실 말씀 있으시면…."

수연은 고개를 떨군 채 바짓단을 꽉 잡았다. 무어라 말해야 할지 모르겠어서였다.

"없으시면…."

하지만 이내 마음을 다잡고 자리에서 일어났다. 삐거덕거리는 의자 소리에 시선이 집중되었다.

"제가 모태신앙인데요. 태어나서 46년간 하느님 말씀을 거역한 적 없이 양심껏 착하게 그렇게 살았어요. 그래서 우리나라 최고 기독 대학인 양지대에 내 아들이 합격했을 때 하느님께 울면서 기도했어요. 너무 감사하다고 그런데 어째서 왜 우리 아들을 이렇게 버리시는지 되묻고 싶어요. 하느님은 이 세상의 아름다운 것들을 다양하게 창조하셨다 했죠. 그렇다면 제 아들도 그 아름다운 것들 중 일부가 아닌가요?"

울먹이면서 내뱉은 말에 장내가 숙연해졌다.

"마음 같아선 이 자리에서 무릎 꿇고 떼쓰고 빌고 우리 아들 같은 인재를 어떻게 이렇게 내칠 수 있냐고 다시 한 번만 생각해 주시면 안될까 하고 싶지만 그건 제 아들을 위한 일이 아닌 것 같습니다. 그렇다고 이 결과를 받아들이겠다는 것도 아닙니다. 단지 성 소수자라는 이유만으로 하루아침에 모든 것을 포기해야 한다는 결과에 영원한 의문을 갖고 살아갈 것입니다. 내 아들, 강치훈은 비난받을 이유가 단 하나도 없습니다. 누구보다 치열하게 살아온 제 아들을 어째서 비난하십니까. 비난은 하느님을 앞세워 혐오를 정당화하는 당신들이 받길 바랍니다."

"만장일치로 강치훈 군의 학생회장 자격 박탈과 체육과 시설 이용 정지 및 학교 대표 경기 출전권이 무기한 정지가 되었음을 알립니다."

김 교수의 말을 끝으로 장내에 있던 사람들이 우르르 나갔다. 하지만 수연은 자리를 뜰 수 없었다. 회의실 밖에서 기독교 단체 사람들의 박수 소리가 들렸다.

고은은 멍해 보이는 수연을 물끄러미 바라보며 다가가 위로라도 건넬까 고민하다 자리를 비켜 주었다.

결과를 믿을 수 없어 멍하니 앉아 있던 수연은 한참이 지난 후에야 자리에서 일어설 수 있었다. 복작복작했던 복도도 조용해진 상태였다. 씁쓸한 마음에 무거운 발걸음을 떼는데 누군가 반갑게 인사를 건네왔다.

"안녕하세요!"

"어, 두나구나. 결과 보러 왔니?"

인사를 받고 무심히 지나치려는데 두나가 머뭇거리는 게 보여 지나칠 수 없었다.

"네⋯."

"예상했는데⋯. 그래도 힘드네."

"괜찮으세요?"

"아줌마 지금 혼자 있고 싶은데, 이해하지?"

"그런데 지금 꼭 보여 드리고 싶은 게 있어요."

"지금?"

"네, 지금 꼭 보셔야 돼요."

두나는 수연을 동아리실로 안내했다. 동아리실 입구에는 '단소 동아리'라는 푯말이 붙어 있었다.

동아리실 한쪽엔 문서를 보관하는 자개장이 놓여 있었다. 두나가 자개장의 비밀번호를 눌러 장을 열어 주었다. 그 안에는 수많은 문서와 여러 권의 사진첩이 꽂혀 있었다.

"그동안 치훈이가 했던 활동들 정리한 거예요. 전 나가 있을 테니까 편하게 보세요."

"응…."

두나는 그 말만을 남기고 자리를 비켜 주었다. 수연은 문서 더미와 사진첩을 보다가 하나를 꺼내 펼쳤다.

수연은 동아리실 내부로 따스한 노을이 스며들 때까지 자료들을 훑는 데 집중했다.

수연은 뭔가에 뒤통수를 세게 맞은 듯 얼얼한 기분이었다. 그동안 자신은 뭘 했나 싶은 생각에 정신이 없어 길가에 쭈그려 앉기도 다시 일어나 걷기도 했다.

후회됐다. 제 자식의 사생활이 이리 버거운 걸 진작 눈치채지 못한 것이. 그동안 먼저 다가가지 못한 것이 미안했다.

모든 게 막막한 와중에 치훈이 걱정되고 보고 싶었다.

현관의 센서 등이 켜지고 수연이 집 안에 들어섰다. 힘없이 신발을 벗고 느릿느릿 걸어 거실 불을 켰다. 놀랍게도 거실 한가운데에 치훈이 우뚝 서 있었다.

고개를 숙이고 서 있던 치훈이 고개를 들어 수연을 바라보았다. 그 눈에 물기가 가득했지만, 수연은 치훈의 이름을 부를 힘도 없어 그저 다가가 치훈을 안아 주었다.

먼저 눈물을 보인 건 치훈이었는데 곧 수연이 어린아이처럼 울기 시작했다. 치훈은 아이 같이 우는 엄마를 꼭 안아 주었다.

 수연과 치훈은 정장을 갖춰 입은 채 자작나무 사이를 걷고 있었다. 수연의 가슴팍엔 성경책 한 권이 안겨 있었고 치훈의 가슴팍엔 탐스러운 화관이 안겨 있었다.
 말없이 걷던 둘이 도착한 곳은 추모공원이었다.
 사뭇 엄중한 분위기를 풍기는 넓은 홀에 수연의 구두 소리가 울렸다. 오르간으로 연주되는 찬송가 소리가 은은하게 퍼졌고 수연의 뒤를 따르던 치훈이 걸음을 멈췄다. 그를 느낀 수연이 뒤를 돌아보자 치훈이 발걸음을 빨리해 수연의 뒤에 바짝 따라붙었다.
 유골함 앞에 밝게 웃고 있는 노아의 사진이 놓여 있었다. 수연과 치훈은 그 앞에서 손을 모으고 고개를 숙인 채 진심을 다해 기도했다.
 울 줄 알았던 치훈은 기도를 끝마치고 노아의 사진을 보면서 연하게 웃고 있었다. 노아와 함께 웃는 것처럼.

수연이 의외라는 표정으로 치훈을 빤히 바라보았다.

"저 사진, 내가 찍어 줬거든."

"잠깐 자리 비켜 줄까?"

"아니, 괜찮아."

치훈은 고통스러운지 입술을 꾹 다물고 미간을 약하게 찌푸린 채 노아의 사진만을 쳐다보았다. 제 캐비닛에 붙어 있던 사진을 꺼내 영정 사진 옆에 놓고 품에 안고 있던 화관을 유골함에 걸어 주고 조심스럽게 쓸어 보았다.

수연은 슬픔에 잠겨 있는 제 아들이 낯설고도 안타까웠다. 정말 연인을 대하는 듯한 모습에 묘하게 이질감이 들었지만 안타까운 마음이 더 컸다.

두 사람은 간단한 인사를 마친 뒤 추모공원을 나섰다. 한겨울의 햇빛이 추모공원의 호수를 반짝거리게 했다.

"넌 걔가 왜 좋았니?"

"예뻤어."

"예뻐?"

"그냥 내 눈엔 다 예뻤어. 하나하나가."

"어디가 예뻤는데?"

어디가 예뻤냐는 수연의 물음에 치훈은 과거 노아의 모습이 떠올랐다. 도서관 책장 사이에 서서 책 한 권을 집어 들고 페이지를 넘기는 노아의 손끝이 유달리 예뻐 보였던 날이었다.

"손끝."

"손끝?"

수연은 치훈의 말을 이해할 수 없어 되물었다.

"손톱 때가 하나도 없고 손가락도 길고 말랑해."

"그게 다야?"

이번엔 선베드에 누워 있던 노아의 모습이 떠올랐다. 따사로운 햇볕을 받으며 나란히 누웠던 적이 있었다. 물기가 남아 있어 반짝이는 노아의 어깨가 유난히 둥글고 예뻤었다.

"어깨선이 동그래서 예뻐. 기대면 좋았고."

"또, 어디가 예뻤어?"

"눈동자가 갈색이라 예뻤고 엄지발가락에 난 털이 다소곳해서 예뻤어."

수연은 푸스스 웃음을 터트렸다. 어디가 예뻤냐는 물음에 별 것 아닌 사소한 것들을 나열하는 게 귀엽고 웃겼다.

"별게 다 예뻤다."

"정말 예뻤어. 걜 보고 있는 게 너무 좋아서 그걸 죽을 때까지 보고 싶다 생각했어. 지키고 싶고 내가 대신 다치고 싶었고."

수연은 사랑이란 게 다 그런가 싶었다. 사소한 것도 크게 다가오고 별것도 아닌 게 사랑스러워 보이는 것.

"엄만 아빠 왜 좋아?"

"글쎄…. 다 까먹었는데?"

"아빤 좋은 남자잖아. 다정하고 따뜻하고 가정에 충실하고."

"그렇지."

"오래 함께하다 보면 그런 감정들은 다 잊어버리고 그런가?"

그 질문엔 조금 신중히 대답할 필요가 있었다. 수연은 잠시간의 침묵 후 천천히 대답했다.

"잊어버린 건 아니고. 그냥 음… 사소한 것들은 날아가고 커다란 것만 보여. 예를 들면 노후를 함께 버틸 수 있는가. 자식을 끝까지 책임질 수 있는가. 그런 현실적인."

"나쁘진 않네. 어쨌든 미래를 보는 거니까."

"그런데 나도 너처럼 그랬어. 어릴 땐. 호프집에서 아르바이트하다가 서빙하던 맥주를 바닥에 쏟았는데 손님들 다리로 다 튀고 온 사방에 난리가 난 거야. 죄송합니다, 죄송합니다, 하면서 막 정신없이 바닥을 닦고 있는데 어떤 남자가 손수건을 딱 내밀면서 '당신부터 닦아요' 하길래 '고맙습니다' 하고 얼굴을 보려니까 금세 사라진 거야. 누구지 하면서 손수건으로 얼굴을 닦으려는데 그 손수건에서 난 맡아 본 적도 없는 너무 좋은 비누 향이 나는 거야. 난 그때까지 비누는 일반 세숫비누밖에 몰랐는데…."

치훈은 흥미로운 표정으로 수연의 말을 끊지 않은 채 말이 이어지길 기다렸다.

"그래서 내가 그 손수건은 쓰지도 않고 내내 킁킁거리면서 비누 향만 맡았어. 그러니까 그 향을 내가 얼마나 잘 알겠니? 며칠 뒤에 어떤 대학생 손님 한 무리가 왔는데 그 속에서도 단박에 알았지. 아. 이분이 나에게 손수건을 빌려준 사람이구나. 그래서 먼저 말 걸었어. '비누 뭐 쓰세요?' 하고."

"뭐 썼대?"

"그게 기억이 안 나. 언젠가 그때 썼던 비누가 뭐냐고 물었었는데 니 아빠도 기억이 안 난대. 아무튼, 난 그 비누 향이 너무 좋았어. 살면서 그렇게 깨끗한 냄새가 나는 남자는 처음 봤거든."

수연이 슬며시 치훈의 팔에 팔짱을 끼자 치훈이 수연의 팔을 다정하게 감싸 쥐었다.

집으로 돌아온 수연은 안방 한쪽에 꾸며 두었던 작은 예배당 앞에 무릎을 꿇은 채 두 손을 공손히 모으고 하나님 동상을 물끄러미 바라보고 있었다.

"저, 벌하실 건가요?"

그 말을 하면서도 하나님 동상에서 시선을 떼지 않았다.

"그래도 제가 낳은 제 자식인지라 선전포고 좀 하겠습니다. 하느님 법도에 어긋나는 거 잘 알고 있어요. 그래도 저는 인정할 수밖에 없어요. 벌을 주신다면 제가 다 받겠습니다."

수연은 고개를 푹 숙였다.

"아멘."

기도를 끝마치고 커다란 흰 천을 가져와 하나님 동상을 덮었다.

* * *

역 앞에서는 노숙자들을 위한 무료급식소가 열리곤 했다. 상목은 온화하고 따듯한 미소를 지어 보이며 배식판을 든 노숙자들에게 국과 밥을 한가득 퍼주었다.

모든 음식을 나눠준 뒤, 자원봉사자들 가운데에 서서 활짝 웃으며 엄지를 치켜든 채 인증 사진까지 찍었다.

상목은 방금 전과는 달리 영혼이 빠져나간 듯 지친 얼굴로 운전석에 앉아 있었다. 정신을 차리고 시동을 걸려는데 누군가 창문을 똑똑 두드렸다.

치훈이었다.

그를 무시하고 출발하려는데 뒷유리가 요란한 소리를 내며 박살이 났다. 작지 않은 돌멩이가 날아온 것이었다.

상목은 열 받은 얼굴로 차에서 내려 박살 난 차창을 바라보며 우두커니 서 있는 치훈의 멱살을 쥐었다.

"야! 강치훈!! 너 미쳤어? 깡패 새끼도 아니고. 부모 얼굴에 먹칠을 해도 정도가 있지! 이 차, 수리비가 얼마나 나오는지 알아? 어?"

치훈은 상목의 고함에도 무심한 표정으로 손을 뿌리쳐 매무새를 다듬었다.

"그깟 차 좀 부서진 게 그렇게 화낼 일인가?"

"뭐?"

"됐고, 제 연락은 왜 피하셨어요?"

상목은 뻔뻔하게 나오는 치훈의 태도에 어처구니가 없어 손을 탈탈 털곤 허리에 얹었다.

"그래, 좋다. 할 말이 뭔데? 뭐 대단한 얘기라고 이렇게…."

"저, 기도원 무사히 잘 다녀왔다구요. 그 말 하려고 했어요."

"기도원?"

"왜, 잘 아시잖아요. 노아도 보내셨다던데."

"뭔 자다가 뒷다리 긁는 소리야! 몰라, 나는!"

"덕분에 고맙단 말 하고 싶어서요. 아저씨 때문에 알게 됐거든요. 노아 몸에 있던 멍 자국. 누가 그랬는지….."

일전에 치훈은 영안실에서 노아의 시신을 확인한 적이 있었다. 도저히 그냥은 보낼 수 없는 탓이었다. 스스로 목숨을 끊었다는 걸 믿기 어렵기도 했고.

푸른빛으로 가득 차 있는 영안실 한가운데 누워 있는 노아의 가슴팍에는 조명보다도 더 푸르고 푸르다 못해 거뭇거뭇한 멍 자국이 있었다. 차마 어루만질 수도 없어 손을 벌벌 떤 채 눈물만 흘렸었다.

"안 궁금했어요? 난 궁금해 미칠 거 같았는데. 왜, 그때 경찰도 딱히 수사할 의지가 없었잖아요. 마지막으로 봤을 때 분명 멀쩡했는데 그사이에 대체 무슨 일이 있었지? 군대에서? 아님 길에서 시비가 붙었나? 그런데 답을 찾았잖아요. 아저씨가 소개시켜 준 그 기도원에서!"

상목은 놀란 눈으로 치훈을 바라보았다.

"왜 그러셨어요? 대체 왜? 가족이잖아요. 한 번쯤은 이해한다고 안아 줄 수도 있었잖아요! 어떻게 그래요? 어떻게 자기 아들을 그렇게 때릴 수 있냐구요."

상목은 그 말을 듣자마자 생각에 빠졌다. 하지만 여전히 제가 틀린 것 같다는 생각이 들진 않았다. 치훈에게서 한 걸음 물러서며 냉정하게 말을 이었다.

"난 정말 네가 무슨 말 하는지 하나도 모르겠다. 심신이 불안한 거 이해해. 환청도 들리고 망상도 하고 그럴 수 있어."

상목은 아연한 치훈을 뒤로하고, 차에 올라탔다.

"그동안 무슨 일이 있었는지는 모르겠지만, 너완 더 할 말이 없어."

차 문을 닫으려는데, 치훈이 다가와 차 문을 닫지 못하게 잡았다.

"그게 최선이에요?"

"넌 단지 원망할 대상이 필요한 거야! 너 자신의 잘못을 덮을 수 있는! 그렇다고 날 이렇게 물고 뜯는 건 아니지!"

"아저씨."

상목의 미간 주름이 더욱 깊게 팼다. 더 건드렸다간 폭발할 것 같았다.

"그러는 넌 얼마나 떳떳한데? 어? 너만 없었으면!! 너 같은 것들이 물들이지만 않았으면!! 내 아들은 죽지 않았어. 알아?? 내 아들 노아는!! 너 같은 것들이랑 근본적으로 다른 애라고!!"

그와 더 이상 대화를 나누는 게 의미가 없을 것 같다는 생각이 들어 힘이 다 빠지고 말았다. 상목은 치훈이 말을 잇지 못한 채 공허한 눈으로 자신을 바라만 보자 급히 차 문을 닫고 출발했다.

마음을 누군가 후벼파는 것처럼 아팠다.

치훈은 덩그러니 서서 잠시 가슴을 꽉 붙잡은 채 고통을 삼켰다.

"치훈아, 넌 꼭 강했으면 좋겠어."

"…그래, 해 보자."

 물보라가 껴 앞이 보이지 않는 낚시터. 치훈이 낚싯대를 드리우고 앉아 있는데 기태가 커피잔을 건네며 옆에 앉았다.
 두 사람 사이에는 커피를 홀짝이는 소리만 들려왔다.
 "김밥 좀 드세요."
 뜬금없이 들려오는 목소리에 두 사람 모두 화들짝 놀라며 뒤를 돌아보자, 김밥을 파시는 아주머니가 치훈을 빤히 바라보고 있었다. 제 아들의 얼굴을 알아봤나 싶어 기태가 허둥지둥 지갑을 꺼냈다.
 "얼마예요? 한 줄에?"
 "제가 살게요. 세 줄 주세요."
 "6천 원이요."
 김밥 아주머니는 치훈이 돈을 건네고 김밥을 건네줄 때까지도 치훈의 얼굴을 힐끔힐끔 쳐다보았다. 기태는 불안한 마음에 티 나게 헛기침을 했다.

"맞죠…?"

은은한 미소를 건 채 묻자 당황한 기태가 연신 헛기침을 내뱉었다. 치훈 또한 뭐라 답해야 할지 몰라 눈만 굴리는데 김밥 아주머니의 말이 이어졌다.

"아닌가? 너무 잘생겼다 아들이. 연예인 같네."

연예인이 아니냐는 말에 기태가 눈에 띄게 안도하였다. 치훈 또한 남몰래 가슴을 쓸어내렸다.

"아유, 무슨. 아니에요~"

"감사합니다. 많이 파세요."

"네~ 많이 잡으세요~"

김밥 아주머니가 사라지자 기태는 푹 한숨을 내쉬었고 치훈은 기태의 마음을 눈치챘다는 듯 천연덕스럽게 대꾸했다.

"나 참. 뭔 사람 얼굴을 그렇게 빤히 봐."

"잘생겼대잖아."

이때, 낚싯대 끝의 방울이 요란하게 울렸고 기태의 시선이 낚싯대로 향했다. 하지만 치훈은 낚싯대를 잡기는커녕 미안한 눈으로 기태를 바라만 봤다.

"뭐가 낚여 올라오려나?"

기태가 낚싯줄을 팽팽하게 감아올리니 큼지막한 붕어가 올라왔다. 치훈이 얼른 뜰채로 받아 미끼 바늘을 빼내고 통발에 집어넣었다. 붕어가 꽤 많이 잡혔다.

"붕어는 얻다 쓰게? 민물고기는 비리다고 한 입도 못 하면서."

기태가 새로운 떡밥을 비비며 대답했다.

"느이 할머니가 관절염엔 붕어즙이 좋다고 몇 달 전부터 노래를, 노래를~"

"관절염?"

"늙으면 별수 있냐. 여기저기 아프면 다 약쟁이 되는 거지."

기태가 낚싯바늘에 새로운 미끼를 끼워 다시 저 멀리 던졌다. 치훈은 잠시 생각에 잠겨 있다가 조심스레 물었다.

"할머니도 이제 아시겠지?"

"왜, 걱정돼?"

"걱정이라기보단 실망하셨을 것 같아서."

"실망도 하고 절망도 하고 그랬겠지 뭐. 그게 인생인데. 인생 뭐 있냐? 이 낚시 같은 거야. 뭐가 낚일지 어떻게 알아? 월척이든 피라미든 다 내 뜻이 아니다, 받아들여야지. 그거 못 깨우쳤으면 나이 헛 드신 거고."

기태는 아무 말 없는 치훈을 바라보며 말했다.

"모두를 이해시킬 순 없어. 그리고 할머닌… 너무 옛날 사람이야."

기태는 제 어머니가 어찌 나올지 예상할 수 없어 어둑어둑해지는 하늘만 바라보았다.

* * *

치훈과 기태가 낚시를 하는 동안, 무당집에서는 굿판이 한참이었다. 꽹과리며 징이며 북소리가 울리는 가운데 말년이 수연과 제단 쪽을 향해 무릎을 꿇고 앉아 두 손을 꼭 모아 기도를 드리고 있었다. 무당은 자기 키만 한 칼을 들고 춤추다 머금고 있던 술을 두 사람에게 뿜었다.

돼지머리 이마에는 치훈의 사주가 적힌 부적이 붙어 있었다.

무당이 신들린 것처럼 칼과 방울을 들고 펄쩍펄쩍 뜀뛰기를 하는데 다소곳하게 앉아 기도드리는 줄 알고 있었던 수연의 고개가 떨어졌다. 기도를 하던 게 아니라 졸고 있던 것이었다.

무당의 눈초리가 날카로워졌다.

진이 빠져 녹초가 된 무당이 바닥에 철퍼덕 주저앉자 말년이 피로회복제 한 병을 따서 냉큼 무당에게 건넸다.

"하이고야, 수고하셨소."

무당은 거칠어진 숨을 고르며 한숨을 푹 쉬었다. 그러곤 대뜸 수연을 향해 호통쳤다.

"할매도 욕봤소. 근데, 자네! 병든 닭 맹키로 꾸벅꾸벅 졸드마이? 정성이 그래 없어서야. 쯧쯧쯧."

무당의 말에 말년이 수연을 노려보았다.

"너 졸았냐?"

"그 난리 통에 어떻게 자요? 말도 안 되는 소리를 하셔."

"허! 시치미 뚝 떼는 꼴이 귀신도 까무러치겠네!"

무당의 코웃음에 말년의 눈초리가 사나워지며 못마땅하다는 듯 수연을 바라보았다. 수연은 머쓱한 표정으로 자리를 떴다.

말년의 집으로 돌아온 수연은 굿을 한 뒤 챙겨 온 잡동사니로 가득한 상자를 식탁 위에 올려놓으며 물었다.

"점심 준비할까요?"

"아서라. 대충 물 말아 먹고 한숨 잘라니까."

식탁 의자에 앉으며 한숨을 내쉬는 말년의 모습에 수연이 안도의 한숨을 쉬었다. 본인도 피곤하긴 마찬가지기 때문이었다.

"아침 댓바람부터 이게 뭔 지랄이냐, 에효…."

"이제 시원하세요, 어머니?"

"시원하냐니?"

시원하냐는 수연의 질문에 물을 마시던 말년은 탁, 소리가 날 정도로 거세게 잔을 내려놓고 날카롭게 물었다. 수연은 그 기세에 기가 죽으면서도 할 말은 해야겠다는 생각이었다.

"할 거 다 하셨잖아요."

"나 좋으라고 한 일이냐 그게? 내 손주 잘못된 길 가는데 어떤 할미가 가만히 있냐. 니가 넋 놓고 있으니 나라도 뭘 해야지. 안 그래?"

"그래서 말인데요, 어머님. 그 문제는 더 이상 신경 안 쓰셨으면 해요."

"뭐? 너 뭐 잘못 먹었냐??"

시선을 피하면서도 제 할 말을 다 하는 수연의 모습에, 말년은 어이가 없어졌다. 제가 어떤 마음으로 굿까지 벌였는데.

"어떻게 어머니는 생판 남인 점쟁이한테 돈 삼백을. 아깝지도 않으세요? 어머님 한 달 내내 뼈 빠지게 일해서 버는 돈이잖아요. 차라리 다른 데 기부를 하고 말지."

"뭐??"

"그렇잖아요. 이게 생돈 바쳐가면서 굿까지 할 일이에요? 전

너무 비합리적이고 비상식적인 것 같아요."

"허!"

말년은 이제 기가 차기 시작했다. 답답함에 혀까지 찼지만, 수연은 작정한 듯 계속해서 제 할 말만 했다.

"우리 치훈이, 귀신 씌인 거 아니에요. 아주 멀쩡해요. 멀쩡하다 못해 지금껏 그 애가 그렇게 사람다운 모습을 하고 사는 거 처음 봤어요. 그래서 전 엄마니까 아들의 결정을 인정하고 응원하기로 했어요."

"뭐? 엄마로서 응원? 그래, 말 한번 잘했다. 지 자식 불구덩이에 처박히는 걸 세상 어떤 애미가 응원한다디? 그 애는 남의 다리에서 주워 왔냐? 니 속으로 낳은 애 맞아?? 하이고! 가만가만 있으니까 내가 가마때기로 보이나 보네. 하이고 속 터져."

엄마로서 응원한다는 말에 기겁하며 네가 진짜 엄마가 맞느냐는 말에 수연은 너무나 기가 차고 황당했다. 하지만 제 뜻을 굽힐 생각은 없기에 단호하게 말을 이었다.

"저는 죽을 때까지 아들 편하기로 마음먹었어요. 내 아들이 이상한 게 아니라 세상이 이상한 거더라구요. 제가 할 수 있는 건 뭐든 할 거예요. 사람들이 손가락질을 하든 발가락질을 하든 저 그깟 거 신경 안 쓴 지 오래구요. 제 결심 안 따라 주신다면 앞으로 어머니. 우리 치훈이 볼 생각 하지 마세요."

"허! 참으로 대단한 결심하셨네요!! 오냐! 해 봐라, 어디! 그래 봤자 걘 강씨 집안 아들이야. 니깟게 뭐 얼마나 힘쓸 수 있다고?"

"어머니도 강씨 아니시잖아요."

"이야아아아아아!!!!!!"

말년은 분을 이기지 못하고 식탁 위에 놓인 박스를 번쩍 들어 내동댕이쳤다. 떡이며 제사 음식이 바닥에 와르르 쏟아져 엉망이 되었다. 평소의 수연이었다면 곧바로 쭈그려 앉아 치웠겠지만 이번엔 그러고 싶지 않아 뒤도 돌아보지 않고 후다닥 집을 나섰다.

수연이 향하는 곳은 동네 국립 도서관이었다. 커다란 문을 열고 도서관으로 들어서자 웅장한 서고가 자신을 내려다보는 것 같았다. 뭐부터 해야 하나 막막한 가운데, 고은에게 전화를 걸어 물어보기로 했다.

-책을 읽어 보시겠다구요? 그럼 제가 몇 권 추천해 드릴 수 있긴 한데. 지금 받아 쓰실 수 있으세요?

-가만있어 봐. 몇 권이든 좋으니 얘기해 주실래요?

수연은 고은에게 책 몇 권을 추천받았고 반짝이는 눈으로 책장을 훑었다.

-아마 살면서 처음 보시는 말들일 거예요. 막막하거나 이해 안 되는 부분 있으시면 전화 주세요. 학교로 찾아오셔도 되고요.

<성 소수자 자녀를 둔 부모 가이드북을 펴내며>라는 도서를 꺼내 가볍게 심호흡한 후, 첫 장을 펼쳤다.

* * *

　기태는 다용도실 수도꼭지 앞에 쭈그려 앉아 낚시터에서 잡아 온 붕어를 손질하기 시작했다. 큰 솥에 붕어와 당귀 구기자를 넣어 푹 끓이기 시작했다. 이따금 뚜껑을 열어 불순물을 채에 거르며 온 정성을 다했다.
　그 시각 수연은 동성애에 관련된 도서들을 잔뜩 쌓아 놓고 공부하는 것처럼 형광펜으로 밑줄까지 쳐 가며 꼼꼼히 읽고 있었다.
　"아이의 잘못도 부모의 잘못도 아니다. 사랑의 다른 형태일 뿐이다…."
　한참을 중얼거리고 있었는데 다용도실에 있던 기태가 주방으로 들어왔다.
　"도움이 돼?"
　"도움이라기보단 하염없이 꺼지는 모래밭을 걷는 기분 알지? 이 길이 맞나? 이번엔 괜찮나? 해도 걷는 길이 죄다 꺼져 버리고 밑으로 가라앉는 기분. 근데 옆을 딱 봤는데 어떤 사람이 너무 쉽게 툭툭 털고 나가는 거야. 원래 저렇게 쉬운 거였나? 하면 될까? 나도 저렇게 될 수 있을까? 내가 떠들면서도 뭔 말인지 모르겠네."
　"뭔 말인지는 대충 알겠어. 어쨌든 잘됐네."
　그 말을 끝으로 수연은 다시 책에 시선을 고정했고, 기태는 칼과 도마를 개수대에 넣고 설거지를 했다.
　"사실 당신 낚시 갔을 때, 어머니 굿하셨어."

"굿??"
"치훈이 몸에 귀신 든 거라고. 서촌에 장군보살 알지? 거기서."
"당신도 갔어?"
"갔지. 안 갔다가 무슨 원망을 들으려고. 뭔 년, 뭔 년, 욕 듣기 전에 가서 눈 딱 감고 앉아 있었지. 굿하는 내내 졸았지만."
"미안해."
"미안할 게 뭐 있어. 이번엔 나도 할 말 다 했어. 그러니까 당신 어머님 혈압 올라 쓰러진 거 아니신지 들여다봐 줘."
"뭐라고 했길래?"
"멀쩡한 손주 귀신 들렸다느니 그딴 말 또 하시면 평생 안 보고 살겠다고 했어."
"정말? 당신이 그랬다고?"
기태는 수연이 지금껏 참아 온 것을 터트린 건 잘한 일이라 생각하면서도 그 말을 들은 말년이 어떤 반응을 보였을지 짐작이 되지 않아 걱정이 됐다.

* * *

치훈이 창밖에 보이는 학교 풍경을 바라보며 힘없이 말했다.
"차라리 불편한 티를 내줬던 게 편했던 거 같아요. 괜찮은 척 아무렇지도 않은 척 모두가 제 눈치만 보는 것 같고. 질식할 거 같아요."
웃으며 지나가는 학생들의 모습에 더더욱 우울해졌다. 고은이 드립커피를 내리며 대답해 주었다.

"부모 딴에는 너 배려한답시고 그러는 건데. 그것도 어색하고 불편하고 그렇구나?"

"그 마음을 모르는 건 아닌데 아무튼 그래요, 제 마음이. 아직 제가 떳떳하지 못한 탓도 있겠고…."

"좋게 생각하면 앞으로 나아질 일만 있을 좋은 징조 아닐까? 이게 다 과정이잖아."

"모르겠어요. 나아질지 아니면 나빠질지…."

"나아질 거야. 내 말 믿어."

고은이 커피를 내밀며 치훈과 나란히 서서 창밖의 캠퍼스를 바라보며 위로를 건넸다.

"결국 모든 일이 그래. 마주하고 속 깊은 대화를 하지 않으면 오해가 오해를 부르고 그 오해 때문에 골이 생기고. 너 요즘 엄마가 뭐 하는 줄은 아니?"

치훈은 제 엄마가 요즘 무얼 하는지 고은이 어찌 아는지 몰라 고개를 돌려 고은을 바라보았다.

"말하지 말랬는데, 아무튼, 엄청 열심히 공부하셔."

"무슨 공부요?"

"뭐겠어. 어떻게 하면 네 맘속으로 들어갈 수 있을까 그거지. 그러니까 이제 교수실은 그만 찾아와. 다음부턴 무슨 일이든 엄마랑 얘기해. 돌아가지 말고 지름길로 가라고."

"…!"

엄마가 공부를 하고 있다는 사실과 더 이상 교수실에 찾아오지 말라는 말에 치훈은 조금 당황하고 말았다.

"너희 엄마가 한 번은 이런 말을 하더라. 자신은 살면서 그동안 뭘 잘해 내 본 적이 없다고. 남들 잘하는 걸 뒤에서 보고 박수 쳐 주는 게 딱 자기 인생이었다고. 그래서 조심스러울 거야. 너한테 공부한다고 티 내는 것도 부끄러운 걸 거고."

고은이 하는 말뜻이 뭔지 어렴풋이 알 것도 같았다.

고은의 교수실은 두 사람의 침묵과 함께 커피를 홀짝이는 소리만 들렸다. 조용히 눈발이 날리기 시작하자 캠퍼스를 거닐던 학생들이 급하게 건물로 뛰어 들어오는 게 보였다.

"참 낭만 없는 시대지? 그 옛날 캠퍼스 하면 '낭만' 이 두 글자만 떠올랐는데."

"교수님이 생각하는 낭만은 뭔데요?"

"나? 글쎄다. 나도 낭만이 뭔지 까먹고 사네."

"따지고 보면 거창한 게 아닐 수도 있잖아요."

"거창한 말을 붙일 재주도 없어. 그냥 삶의 내 순간이 작은 낭만이라면 지나가다 우연히 예쁜 꽃이 보이면 한 다발을 사서 사랑하는 사람과 저녁을 함께 먹는 거. 그런 거 아닐까?"

"어우, 내 손…."

치훈이 장난스럽게 웃으며 손발을 오그라뜨리는 시늉을 해 보였다. 그 반응에 민망해진 고은이 커피 한 모금을 마시며 되물었다.

"그럼 니가 생각하는 낭만은 뭔데?"

"솔직히 뭔진 저도 잘 모르겠지만 처음 그 앨 좋아하게 됐던 때가 낭만이라면 낭만인 것 같아요. 그날 이후로 제 세상이 뒤

집혔거든요."

치훈은 잠시 목을 축이며 아련한 눈빛으로 지난 일을 회상했다.

"어느 바닷가에서 그랬어요."

깎아지른 절벽 어딘가 치훈과 노아는 그 아래에 매섭게 부딪혀 부서지는 파도를 내려다보고 있었다.

"내가 바다를 좋아하는 건 파도 때문이야. 부서질 걸 알면서도 계속해서 일어나는 파도들을 보는 게 위로가 되거든 이라고…."

* * *

수연은 사뭇 비장한 표정으로 커다란 백팩을 메고 캠퍼스를 가로지르고 있었다. 고은을 만나기로 한 날이었다.

교수실에 도착해 고은과 한참 이야기를 나누었다. 고은은 생글생글 웃으며 이것저것 열심히 설명해 주었고 수연은 이제야 깨달았다고 제 이마를 콩콩 찧으며 웃었다.

"공부해 보니 어떠세요? 이해가 좀 되세요?"

"이해는요. 어우, 머리 아파. 치훈이 앞에서 무식이 탄로 나면 얼마나 쪽팔리겠어요. 공부 끝나려면 한참이에요."

"아니, 공부는 끝났어요, 어머니. 제가 할 일은 여기까지인 것 같아요. 더 추천해 드릴 책이 없어요."

수연은 의아해하며 고은을 바라보았다.

"여기가 아니라 다른 델 가셔야 해요, 이제."

* * *

수연은 긴장한 얼굴로 버스에서 내렸다. 바로 정면에 서울시 시립으로 운영하는 센터가 보였다.

"어머님이 말씀하셨다시피 전 미혼에, 아이도 없잖아요?"
"그때는 화가 나서…."
"맞는 말이에요. 공감이란 게 얼마나 큰 위로가 되는데요. 먼저 어머님과 똑같은 고민을 치열하게 해 오신 분들이 있어요. 그분들을 만나 보는 건 어떠세요? 마침 오늘 정기모임이 있는데…."

수연은 무언가 결심한 듯 비장한 표정으로 가방을 고쳐매고 건물 안으로 들어갔다.

문패에 붙어 있는 <성 소수자 부모 모임>을 잠시 바라보고 있는데 안에서 벌컥 문이 열리고 수연의 또래로 보이는 엄마 둘이 친구처럼 팔짱을 낀 채 밖으로 나왔다.

고요했던 복도에 사람들의 웃음소리와 말소리가 울려 퍼졌다. 수연이 어색함에 문 앞을 서성이며 어떻게 해야 하나 망설이는데 안에 있던 한 남자와 눈이 마주쳤다. 그들의 가슴팍에 붙어 있는 걸 자세히 보니 이름이 아니라 닉네임이었다.

수연과 눈이 마주친 남자는 '무무'라는 닉네임을 가지고 있었다. 50대 초반으로 보이는 따듯한 인상을 풍기며 반갑다는 듯 손짓까지 하며 큰소리로 외쳤다.

"들어오세요!!"

수연이 설마 자신에게 하는 말인가 싶어 손가락으로 자신을 가리키며 어리둥절한 표정을 짓자 남자가 다시 한번 권했다.

"괜찮아요, 들어오세요."

수연은 멋쩍어하며 우물쭈물하며 방 안으로 들어갔다.

수연과 센터 사람들은 커다란 책상을 가운데에 두고 대화를 나누었다. 수연이 자리에 앉자마자 눈물을 쏟아내기 시작하자 사람들은 침착하게 티슈를 건네주었다.

"어딜 가서 내놓고 말할 수가 없잖아요. 우리 애가 이렇다고."

"여기 엄마, 아빠들 다 똑같아요. 그렇게 다치고 곪고 낫고 또 다치고, 그 모든 과정이 다 똑같았으니까 난 지금 우리…."

"…달토끼요."

50대 초반의 부잣집 사모님 같은 모습의 구찌 님이 수연의 이름표를 바라보며 말을 이었다.

"오늘 오신 달토끼님이 우는 심정 백 프로 이해해요. 처음엔 다 그래! 나도 그랬고. 근데 몇 달만 지나 봐라? 독립투사 뼈까 뜯다 이거야~"

풍기는 분위기는 고상한 사모님 같은데 하는 말은 가볍기 그지없었다. 무거운 분위기를 환기하고자 함인 것 같기도 하고, 자연스럽게 그리 말하는 걸 보니 원래 성격이 조금 가벼운 편인 것 같기도 했다.

자신만만하게 외치는 구찌의 말에, 40대 중반의 통통하고 똑 부러진 인상의 토마토가 쿡쿡 웃으며 대답했다.

"난 구찌님 처음에 와서 대성통곡하던 거 아직도 생생해."

"토마토님은 아주, 신입만 오면 저 소리야~!"

"구찌님이 직접 얘기해 봐, 그럼."

구찌는 얘기할까 말까 고민하는 듯하더니 주먹을 불끈 쥐고 수연에게 몸을 돌려 제 이야기를 꺼냈다.

"처음에 우리 애를 가졌을 때 너무너무 힘들었어. 자연 유산 두 번에 자궁 외 임신, 애 갖기가 그렇게 힘들다가 어렵게 어렵게 하나를 얻었는데 배앓이라 해야 하나? 배 속에서 얼마나 뛰는지 목에 탯줄을 감고 있다고 오죽했으면 의사가 애를 떼는 게 어떻겠냐고 했다니까? 생각해 보면 다 그게 '엄마. 나 이런 세상에 나오기 싫어.' 한 건데 내가 눈치를 못 챘지. 모두가 낳지 말라는 걸 내가 기를 쓰고 낳았어. 그래서 다 내 죄 같았지. 내가 세상에 낳은 죄. 나오기 싫어하는 애를 세상 밖으로 내보낸 죄. 모든 게 다 나 때문에 이렇게 됐다고 생각했지."

수연은 남 얘기 같지 않은 이야기라 더욱 눈물을 흘렸다.

"근데, 지금 생각해 보면 낳길 잘한 것 같아. 나 몰라요, 나??"

자신을 모르겠냐는 구찌의 말에 수연이 빤히 얼굴을 쳐다보는데, 처음 보는 얼굴이라 의아해졌다. 그러자, 40대 후반의 성격이 섬세한 모래가 웃으며 말을 꺼냈다.

"유명 너튜버라고 고새 또 자랑한다!"

"자랑할 만하지. 엊그제 30만 넘었더라!"

모래와 토마토가 그렇게 말을 주고받자 구찌가 핸드폰을 꺼내 제 계정을 보여 주며 자랑을 늘어놓았다.

"레즈비언 딸과 함께 사는 엄마의 일기로 대박이 났잖아? 봐봐, 우리 딸이 나 닮아서 외모가 아주 잘 빠졌지?"

"어머, 그렇네요. 잘됐다."

"그러엄 너튜브에서 레즈비언만 검색해도 우리가 딱 나온다고!"

센터장, 무무가 자리에서 일어나 모임의 끝을 알렸다.

"자! 그럼 다음 주에 뵙시다요들!"

"다들 점심 먹고 오지 마세요. 우리 딸이 빵 구워서 보낸다니까."

뒤이어 토마토가 일어나 다음 주엔 점심 먹고 오지 말라고 당부했다. 수연도 자리에서 일어나는데 구찌가 달라붙어 왔다.

"다음 주에 또 와요. 우리 딸도 같이 온대."

"네, 생각해 볼게요."

수연이 약간 고민하는 낯을 보이자 모래가 어깨를 툭툭 두드리며 말했다.

"생각이고 자시고 일단 와 보고 생각하세요."

"그럴까요?"

서로 즐겁게 인사를 하며 센터를 빠져나갔고 수연도 잠시 마음을 가다듬으며 배낭을 메는데 무무가 말을 걸어왔다.

"혹시 자녀분이 소개시켜 주었나요? 이 모임을?"
"아니, 그건 아닌데….”
"여기 계신 분들만큼 의지할 수 있는 사람 찾기 힘드실 거예요. 자주 나오세요, 달토끼님."
"…네."
 센터장은 센터를 빠져나가는 수연의 뒷모습을 보며 다음 주엔 안 올 수도 있겠다는 생각을 했다.

밖에는 눈이 내리고 있었다.

치훈은 새로운 수영장에서 다시 훈련을 시작하게 되었고 늦은 밤까지 계속되었다. 다이빙대 위에선 치훈이 망설임 없이 떨어지고, 새로운 코치인 곽 코치가 벤치에 앉아 날카로운 모습으로 바라보았다.

치훈은 러닝머신 위를 걸으며 모니터에 떠 오르는 몸 상태를 체크했다. 머릿속이 여러 생각으로 가득해 복잡했다. 쓸데없는 생각을 떨쳐내고 걷는 데만 집중하기 위해 속도를 올리려는데 곽 코치가 다가와 속도를 다시 내려 주었다.

"무리하지마."

"왜요? 저 문제 있어요?"

"아니."

"그런데 왜 무리하지 말라고 해요?"

"정신이 맑지 않은 상태에서 몸을 쓰다 보면 쓸데없는 부상도 입고 그러잖아. 프로니까 프로답게 몸 관리하라는 거야. 앞으로 세 달. 그동안 집중적으로 하면 시합엔 크게 문제없을 거 같아."

"그냥 솔직히 말해 주세요, 코치님. 저도 아니까."

"알아?"

"네."

곽 코치는 고개를 기울이며 의문을 표했지만 이내 솔직히 대답해 주었다.

"그럼 솔직히 말할게. 내가 너 주니어 때 코치였잖냐. 그때보다 안 좋아. 아프지? 뼈 맞았지?"

"저, 포기하는 건 어떨까요?"

"포기하면 저들한테 졌다는 의미밖에 더 돼? 결과를 미리 생각하지 말고 하루하루 최선을 다해. 후회하지 말고."

"네."

치훈은 모든 훈련을 마치고 수영장 밖으로 나왔다. 아직도 눈이 그치지 않아 공기가 찼다. 가방을 고쳐 매고 집으로 향하는데 누군가 자신을 불렀다.

"잠깐만요."

이 늦은 밤에 누구일까 싶어 고개를 돌리니 한 남자가 서 있었다.

"누구시죠?"

"HBS 황경섭 기잡니다."

경섭은 제 명함을 건네며 간단히 자기소개를 했다. 치훈은 명함을 받아 들고 빤히 살피며 물었다.

"그런데 왜 절…?"

"이번 학생회장 당선 무효 건. 저는 강치훈 군이 회장직을 되찾을 때까지 취재할 생각입니다. 물론 학교 측이 부당하다는 제 논조를 전제로 해서."

"그런데요, 저 여기서 훈련하는 건 어떻게 아셨어요?"

"제보가 왔어요. 여기서 새 둥지를 텄다고."

"그게 누군데요?"

"익명 제보라 그건 저도 모르겠고 속는 셈 치고 와봤어요. 어쨌거나 만났으니 다행이네요. 다음 행보가 궁금했습니다. 어디 들어가서 얘기할까요? 날이 춥네요."

* * *

기태는 정성스럽게 고아 낸 붕어즙을 가지고 말년의 집에 방문한 차였다. 말년은 장롱 안에 들어가 나오지 않았다.

"엄마, 잠깐만 나와봐. 얼굴 보고 얘기해. 무릎 쑤신다며 내가 치훈이랑 붕어 잡아다가 싹 달여 왔는데…. 응?"

기태가 장롱 앞에 무릎 꿇은 채 빌 듯이 이야기했지만 말년은 나올 생각이 없다는 듯 무릎을 끌어안은 채 조용히 대꾸했다.

"됐다. 곧 죽을 건데 붕어고 나발이고, 도로 가져가라."

"엄마…!"

"니도 꼴 보기 싫으니까 가라고."

"치훈이 엄마도 홧김에 한 말이래. 쥐도 궁지에 몰리면 고양이를 문다잖아. 치훈이 생각하다가 순간 뭐가 뭔지 앞뒤 생각 못 했던 거래."

"하이고, 천년의 사랑이다. 그래서 지금 니 마누라 편드는 거냐?"

제 말을 들을 생각이 없어 보이는 말년에 기태는 답답해졌다.

"아유, 편을 들고 할 게 뭐가 있어."

"나 정말 섭섭하다. 생각해 보면 지나간 날들이 다 후회되고. 이렇게 될 줄 알았음 나도 하고 싶은 거 다 하고 살 걸 그랬어."

말년은 기태가 아무 말 없자 푸념하듯 말을 이어 나갔다.

"하나 있는 아들 의사 만들어 보겠다고 그 추운 겨울에 시장통 이리 뛰고 저리 뛰고 전전긍긍. 호강까지 바라지도 않는다. 어떻게 며느리라고 들어온 년이 고생하고 산 시애미랑 손주 사이를 떨어뜨리려고 하냐 이 말이야. 기가 막히고 코가 막히고. 애초에 그년은 들이는 게 아니었어. 고등학교도 겨우 나온 것이 대학가 호프집 알바로 굴러다니다가 어떻게 언감생심 의과대생 남자를 꾀어가지고. 니가 의사 될 거 같으니까 그년이 그때 큰애를 임신해서 니 발목을 잡은 거야. …내 말 듣고 있냐?"

"…네."

"아무튼 인생 그렇게 거저먹기식으로 살면 안 된다. 니만 똑똑하면 뭐 하냐. 무식한 그게 알아 처 듣는 시늉도 안 하는데. 세상 헛살았다. 난 니도 꼴 보기 싫어. 니 애미 죽든 말든 니들

끼리 행복하게 살아라."

기태는 아무 말 없이 바닥만 바라보고 있다가 한숨을 내쉬며 대답했다.

"알겠어요."

자리에서 일어나 방을 나가려는데 장롱문이 활짝 열리며 말년이 몸을 일으켰다. 얼마나 오래 쭈그려 앉아 있었는지 겨우겨우 허리를 펴는 모양새였다.

"넌 니 애비랑 지독하게 닮았어. 매정한 게 아주 그냥 똑같아. 그래, 너도 나 버리고 떠나라. 남편 복 없는 년, 자식 복도 없지."

말년이 그렇게 화를 내며 말을 쏟아내는데 기태가 고개를 푹 숙이고 어깨를 부들부들 떨기 시작했다. 이내 눈물이 바닥으로 뚝뚝 떨어지니 말년이 깜짝 놀라 한 걸음 다가가려 했다.

"엄마. 엄만 불쌍한 사람이야. 나도 다 알아. 계집질에 노름하느라 집안 쌀알 한 톨까지 싹 훔쳐서 달아나 십 리도 못 가 객사한 남편 대신 가장 노릇 하면서 억세게 산 거 다 알아. 가끔 엄마 성격 드세다 느껴도 삶이 엄마를 그렇게 만든거다 생각하니까 이해도 됐어. 내가 그걸 왜 모르겠어."

눈물을 뚝뚝 흘리며 떨리는 목소리로 말을 이어 갔다.

"그래서… 난 입이 열 개라도 엄마한테 할 말이 없어. 나 하나만 바라보고 나 잘되라고 고생만 했잖아. 그러니까 인간 강기태는 홀어미 고혈 빨아서 지금껏 호의호식했는데 내가 무슨 자격으로 말을 하겠어. 그런 나를 믿고 산 치훈이 엄마는 더 잘못이 없지."

말년은 제가 무슨 자격으로 말을 하겠냐며 자책하자 미안한 마음이 들기 시작했다. 남편 없이 키우느라 고생한 건 맞지만 아들이 저렇게까지 미안해하고 있을 줄은 몰랐던 탓이다. 등이라도 두드려 주고 싶어 한 발짝 떼려는데 기태가 큰 소리로 소리치니 그마저도 여의치 않았다.

"그러니까, 잘못이 있다고 하더라도 나한테 있는 거야. 그러니까… 내가 제일 나빠. 무조건 참으라고 했던 내가 제일 나쁘다고!"

기태는 이내 무릎까지 꿇고 바닥에 엎드려 오열하기 시작했다. 말년은 이렇게까지 서러울 일인가 싶어 당황했다.

* * *

"미안해, 수연아. 넌 그 누구보다도 잘못이 없는데…. 내가 제일 무능하고… 한심하고…."

수연은 술에 잔뜩 취해 눈물, 콧물 범벅으로 사과를 건네는 기태의 모습에 당황하고 말았다.

기태는 엉덩이를 반쯤 까고 침대에 엎드렸고, 수연이 주사기를 들고 와 엉덩이를 찔렀다.

"따끔-"

엄살 부리는 기태의 등을 가볍게 치고는 소독솜으로 주사 놓은 곳을 꾹 눌러 주었다.

"어리광 작작 부려. 오늘까지만이야."

기태는 수연의 타박에도 어리광을 부리며 이불 속으로 들어갔다. 치훈이 물이 든 컵을 들고 안방으로 들어왔고 기태는 누운 채로 약을 삼켰다.

"요즘 감기 독하다던데."

치훈이 걱정스러운 눈으로 기태를 바라보았다. 얼굴이 벌건 게 가벼운 감기 같지 않았다.

"누가 아니래."

"나 먼저 잔다."

이불을 턱 끝까지 끌어 올린 기태가 눈을 감으며 그리 말하자 치훈과 수연은 서로를 보며 풉하고 웃었다.

수연이 오렌지 껍질을 까서 내밀면 치훈이 쏙 받아먹었다.

"오늘 훈련은 어땠어? 코치님이 뭐라 해?"

"몸 상태가 최상은 아니라서 아무래도 훈련이 좀 빡세질 수 있다. 그런 말만 하시고 딱히 뭐…."

"그래도 그 코치님이 사람이 좋았지? 성격도 너랑 잘 맞고."

"그런 편이지."

잠시 침묵이 이어졌다. 수연은 오렌지 껍질만 깠고 치훈은 연신 집어 먹기만 했다. 수연은 치훈이 불편할까 싶어 조심스럽게 피곤하냐고 물었다.

"피곤하지? 들어가서 자."

"엄마. 우리 방송 나가 볼까?"

"방송?"

"누가 그러더라고. 내가 이 상황을 이길 수 있는 방법은 내가 처한 상황을 적극적으로 세상에 알리는 것뿐이라고…."

"누가?"

* * *

치훈은 경섭을 따라 커피숍에 들어오고 말았다. 여러 이야기를 나누었지만, 경섭의 의견에 쉽사리 동의할 수 없었다.

"전 대학이라는 작은 세상도 못 바꿨어요. 그런데 제가 뭘 바꿀 수 있을까요?"

"파장이라는 말 알죠? 당장은 뭐가 달라지지 않을 수는 있어요. 하지만 우리의 움직임이 누군가에게 영향을 주고 또 그런 사람들이 모여 누군가에게 영향을 주면 언젠가는 바뀌어요."

"추상적이네요. 그리고 그게 꼭 제가 되어야 할 필요도 없고. 모두에게 이런 날 받아들여달라고 강요할 필요도 없고. 어찌 보면 그것도 폭력 아닐까 생각하는 중이었거든요."

"나를 나답게 살겠다고 하는 게 어떻게 폭력이 돼요. 그렇게 살면 안 된다고 하는 게 폭력이지."

치훈은 여전히 잘 모르겠다는 표정이었다.

"그럼 이렇게 보면 어떨까요? 우리 부모님 두 분 다 성격이 진짜 불같은 사람인데 우리 형이 서른이 되도록 여자친구가 한 번도 생기지 않았거든요? 어디 꼭꼭 숨겨 둔 건 아닐까 궁금해서 형 자취방에 갔다가 남자와 찍은 사진이랑 편지를 발견하고 게이인 걸 알게 됐어요. 그 뒤로 어떻게 됐을까요?"

"글쎄요?"

"부모님은 형에게 마지막으로 이런 말을 남겼어요. 앞으로 연락하지 말고 없는 사람인 것처럼 죽은 듯이 살라고. 그리고 형은 일 년 뒤에 정말 죽었어요. 고독사로."

고독사로 죽었다는 말에 치훈은 충격을 받아 아무 말도 할 수가 없었다. 그를 위로하는 말조차.

"제가 강치훈 군을 끝까지 취재하고 돕는 게 제 형에 대한 마음속 죄책감을 덜기 위함이라 생각해도 상관없습니다. 맞는 얘기니까."

"기자님. 저는 당사자잖아요. 직접 이 사건을 온몸으로 겪었잖아요? 그렇게 감정적으로 접근할 수 없는 일이라구요."

"그러니까 제가 이성적으로 따져 보겠다는 말입니다. 이게 그렇게 서로를 미워하고 한 인간을 바닥까지 끌어내릴 일인가 제대로 따져 보겠다 약속드리는 거예요. 저도 당시엔 형을 이해할 수 없었는데… 그때 그게 나쁜 게 아니라고 설득해 주는 사람 한 명만 있었어도 형을 그렇게 놔두진 않았을 겁니다. 자신 있습니다. 상부에도 이미 취재 허락 받았고, 강치훈 군이 휘슬만 불어 주면 전력 질주할 준비 끝."

* * *

기태는 코까지 골며 곤히 자고 있었지만, 수연은 치훈의 말을 듣고 나서 이런저런 걱정 때문에 잠을 자지 못했다.

이른 새벽, 치훈이 집을 나서기 위해 운동화를 신고 있고 그 옆에는 밤새 잠을 이루지 못한 수연이 서 있었다.

"그런데 치훈아. 엄마는 아직 잘 모르겠어. 그냥 우리 주변만 알고 조용히 넘어가는 것과 전 국민이 알게 되는 것의 차이는 너무 달라. 너도 그건 알지? 세상 모든 사람이 너에 대해 색안경을 쓰고 바라볼 수도 있어. 평범한 시선으로 볼 수만은 없다는 얘기야."

"알아. 나를 그냥 강치훈이 아닌 게이 강치훈으로 보겠지."

수연은 그 말에 마음이 너무 아파 목소리가 작아졌다.

"그래…. 그래서 그냥 노파심이 드는 거야, 엄마는."

"그래도 나는 하는 게 맞는 것 같아. 오래전부터 생각했던 거야. 노아를 위해서도 그렇게 하는 게 맞아. 엄마에게 동의를 구하는 게 아니야. 함께해 줄 수 있느냐 묻는 거지."

"미안하다. 당장 답은 못 주겠네."

"천천히 생각해. 아직 시간 있으니까."

치훈은 현관문을 열고 밖으로 나가려다 뒤를 돌아 수연을 불렀다.

"엄마."

"응?"

"고마워."

"나도 고마워."

"진심이야."

현관문이 닫히고 수연은 발길이 채 떨어지지 않아 그 자리에 한참 서 있었다. 심장에서 시작된 뜨거운 온기가 온몸으로 퍼져 발끝에 닿는 기분이었다.

참으로 오랜만에 주님의 얼굴이 떠올랐다.

커다란 더플백을 맨 치훈이 거리를 걸어 횡단보도 앞에 섰다.

두나도 횡단보도 앞에 섰다.

치훈과 두나는 서로를 알아보았고 두나가 반갑다는 듯 껑충껑충 뛰면서 손을 흔들었다.

커피숍으로 온 두 사람은 나란히 앉아서 예쁜 풍경을 보며 수다를 떨었다.

"쪽팔려. 술을 이기지 못하면 절제를 해야 하는데."

"인간의 욕심은 끝이 없고 같은 실수를 반복하지."

"아는데…! 아우, 진짜. 나라는 인간은 왜 이럴까."

치훈이 장난스럽게 이야기하자 두나가 입술을 삐쭉 내밀며 대답했다.

"다음 생에는 돌멩이로 태어나야지. 아무 생각 없이 멍청하게 데굴데굴 구르면서 살 거야. 현무암은 모공 커서 싫고, 이왕이면 대리석으로. 반짝반짝하게."

"풉, 그러다 누가 발로 차면?"

"차라 그래. 돌멩인데 감정이 있겠냐."

시답잖은 이야기를 나누며 쿡쿡대는데 돌연 치훈이 표정을 굳히고 물었다.

"근데, 그거 모르지?"

"뭐."

"너 이렇게 밝아 보이는 거 진짜 오랜만이다."

"그럼 울까? 웃어도 지랄이야. 넌 어떻게 지냈어? 힘든 건 좀 지나갔나 보다? 잠수 중인 거 같아서 일부러 먼저 연락 안 했는데."

치훈이 한숨을 폭 내쉬고 먼 산을 바라보듯 시선을 피했다.

"지나갈 리가 있겠냐. 그래도 힘든 게 지나갔냐고 묻는 거 보니 니가 보기에도 내 상태가 좀 괜찮아 보이나 보네?"

"왜? 아… 사실은 좆같구나?"

"터질 것 같은데. 내 안에서 뭐가 막 요동치는데 어떻게 해야 할지 모르겠어. 그냥 갑자기 어떤 사람들이 나타나서 빠밤! 지금까지 당신의 인생은 개꿀잼몰카! 이 리셋버튼을 누르시고 새로운 인생을 사세요! 이랬으면."

"…웃기냐?"

"아니, 안 웃겨. 그런데 내가 요즘 이런 생각을 해. 새로운 인생을 살 수 없을 바엔 이 등신 같고 만만한 내가 세상을 바꿀 수 있다면… 어떨까?"

* * *

부모 모임 센터장인 무무는 의자에 올라가 벽 한쪽에 무지개색 가랜드를 걸고 있었다. 모래는 먼 곳에 서서 대칭이 맞는지 관리하고 있었고.

"무무님! 그쪽 더 올려야 할 것 같은데요?"

"이 정도?"

"네. 좋아요."

수연은 토마토가 가져온 빵을 구찌와 함께 쟁반에 나누어 담고 있었다. 구찌의 딸은 멀찌감치 앉아서 핸드폰만 들여다보고 있었다. 수연이 그를 힐끗 보자 구찌가 민망함에 괜히 큰소리를 냈다.

"아유, 와서 거들라니까."

"편하게 놔두세요, 괜찮아요."

무무는 의자에서 내려와 멀리 떨어져 가랜드를 살펴보았다.

"이제 맞네."

그 말에 사람들이 일렬로 서서 벽면에 걸린 커다란 가랜드를 보았다.

"근데 왜 엘지티비 아니, 엘지비티 상징이 무지개예요?"

"사람들의 다양성? 우린 모두 다른 색을 가지고 있다? 자세힌 모르는데 70년대 샌프란시스코 게이 퍼레이드 때부터 상징으로 썼대요."

"그동안 공부 많이 하셨네요."

구찌의 물음에 수연이 대답해 주자 무무가 흐뭇하게 웃으며 칭찬을 건넸다. 수연은 괜스레 멋쩍어졌다.

"아~ 가끔 무지개 깃발 배지 달고 다니는 애들 봤는데 그럼 그것도?"

"꼭 동성애자만 하는 건 아니에요. 지지하거나 연대한다는 의미도 있으니까."

"나도 하나 달고 다닐까?"

무무가 무지개에 관한 설명을 덧붙이자 수연도 무지개 배지를 달고 싶은 마음이 들었다. 그러자, 토마토가 센터 캐비닛을 열고 무지개 깃발 배지를 하나 꺼내 건네주었다.

"마침 작년에 팔고 남은 게 있어요. 어디에 달 거예요?"

"음, 글쎄…."

"까만색 책가방에 딱이다. 눈에 확 들어오고. 책가방 어때요?"

"좋아요."

토마토가 수연의 백팩에 배지를 달아 주었다. 수연은 뿌듯한 마음에 옅은 미소를 건 채 괜스레 한번 쓸어 보았다.

이때, 누군가 센터 문을 두드렸다. 올 사람이 없어 의아하던 차에, 모래가 문 쪽으로 다가가 물었다.

"누구세요?"

"배달이요."

모래가 뒤를 돌아 멤버들을 보며 물었다.

"누가 배달시켰나요?"

하지만 아무도 배달시킨 사람이 없었기에 고개를 저었다.

"배달 안 시켰다는데요?"

"304호. 주소가 맞는데…. 일단 문 좀 열어 주세요."

이상하다 싶어 고개를 갸웃거렸지만 일단 주소가 여기가 맞다고 하니 확인은 해 봐야겠다 싶어 문을 열었다.

문이 열리는 순간, 선글라스와 마스크를 쓴 사람들이 센터로 와르르 들어왔다. 일전에 치훈의 학교에서 시위를 벌였던 기독교 단체 시위대였다. 그들은 다짜고짜 캐비닛을 열어 안에 있는 물건들을 쏟아내며 난동을 부리기 시작했다.

센터장이 나서서 사람들을 막기 시작했다.

"아니, 뭐 하시는 거예요! 뭐 하시는 거냐구요!!"

시위자대표는 센터장을 밀쳐내며 되레 큰소리를 쳤다.

"어디 손을 대!!"

"야!! 니들 뭐야! 어? 경찰에 신고해! 빨리!"

구찌가 신고하라는 말을 하자 멤버들 모두가 휴대폰을 꺼내 112 버튼을 눌렀다. 시위대는 허둥지둥 달려가 휴대폰을 빼앗으려 했고.

당황한 수연은 뒤편에 서서 아수라장이 되어 가는 상황을 지켜보다 안 되겠다 싶어 시위자대표의 옷을 꽉 붙잡았다.

"일단 무슨 일인지 설명부터 하시고 좀!!"

"설명?? 개똥 같은 소리 하고 자빠졌네. 아줌마! 아줌마도 동성애자야? 여기 동성연애하는 사람들 모여 있는 곳이라며? 누구 마음대로 이런 서울 한복판에 이딴 걸 차려놓는 거야? 어??"

"무슨 소리세요. 다짜고짜 막말부터 하는 게 무슨 경우예요? 일단 대화부터 합시다."

화가 났지만, 애써 차분히 가라앉히려 노력하며 시위자대표를 설득하려 했다. 하지만 씨알도 먹히지 않는 듯했다.

"냐, 이거!! 여기 오늘부터 문 닫을 거니까 썩 꺼져! 구청, 시청에 다 신고했으니까! 어?"

이때, 뒤에 있던 구찌 딸이 과감하게 앞으로 나와 시위자대표의 뺨을 때렸다.

철썩!

날카로운 소리가 공간을 울리자, 그 소리를 듣고 당황한 듯 모든 이가 행동을 멈추었다.

"꺼져."

그 한마디를 던지고 뒤를 돌자 시위자 중 한 명이 고함을 지르며 구찌 딸의 머리채를 잡아당겼다. 구찌가 놀라 달려와 시위자를 마구잡이로 때리기 시작했고 이제는 시위자들과 센터 멤버들이 이리 엉키고, 저리 엉키고, 아비규환으로 싸우기 시작했다.

"멈춰!!!!!!!!!!"

수연이 소리를 지르자 순간적으로 고요해졌다.

수연이 한 마디 하려는 순간, 누군가 음식물 쓰레기가 담긴 양동이를 뿌렸다. 오물을 뒤집어썼음에도 수연은 화도 나지 않았다. 그저 어이가 없었다.

 방송국은 곧 시작될 방송을 준비하느라 바쁘게 돌아가고 있었다. 준비가 끝나고 촬영을 시작하려는 듯 카메라맨이 사인을 기다리고 있었다.

 경섭이 목소리를 가다듬고 카메라를 정면으로 바라보았다. 어둠 속에서 치훈의 모습이 희미하게 보였다. 그 눈빛엔 설렘과 두려움이 담겨 있었다.

 큐 사인이 떨어지고, 조명이 밝아졌다.

 "안녕하세요. 저는 22살 강치훈입니다."
 "안녕하세요. 저는 22살 게이 아들을 둔 엄마, 이수연입니다."

우리가 세상을 바꿀 수 없다면 1

초판 1쇄   2023년 8월 10일

지은이   장기남
펴낸이   손창준, 성지혜
기획책임   송예나
기획지원   김민성, 이순진, 지다원
편 집   이연주
디자인   김철수

펴낸 곳   빅웨이브엔터테인먼트 주식회사
신고번호   제 2023-000068 호
이메일   bigwave_bookk@naver.com

· 저작권법에 의해 보호를 받는 저작물이므로 저자와 출판사의 허락 없이 무단 전재와 복제를 금합니다.
· 오탈자 및 잘못 표기된 부분은 위 이메일 주소로 보내주시면 감사하겠습니다.
· 책값은 뒤표지에 있습니다.

"우리 모두 똑같은 사랑을 하며 살아갑니다."

- 장기남 -